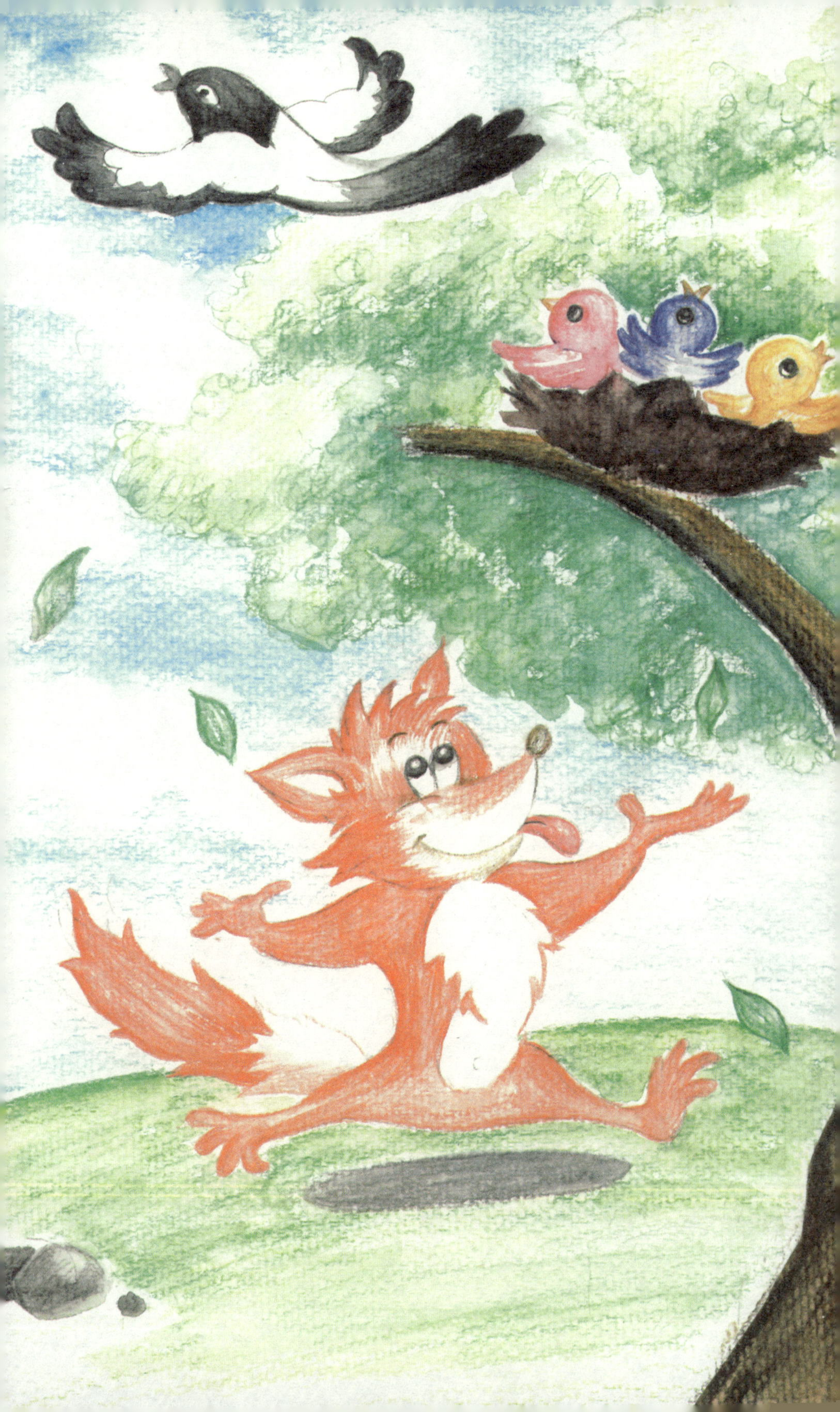

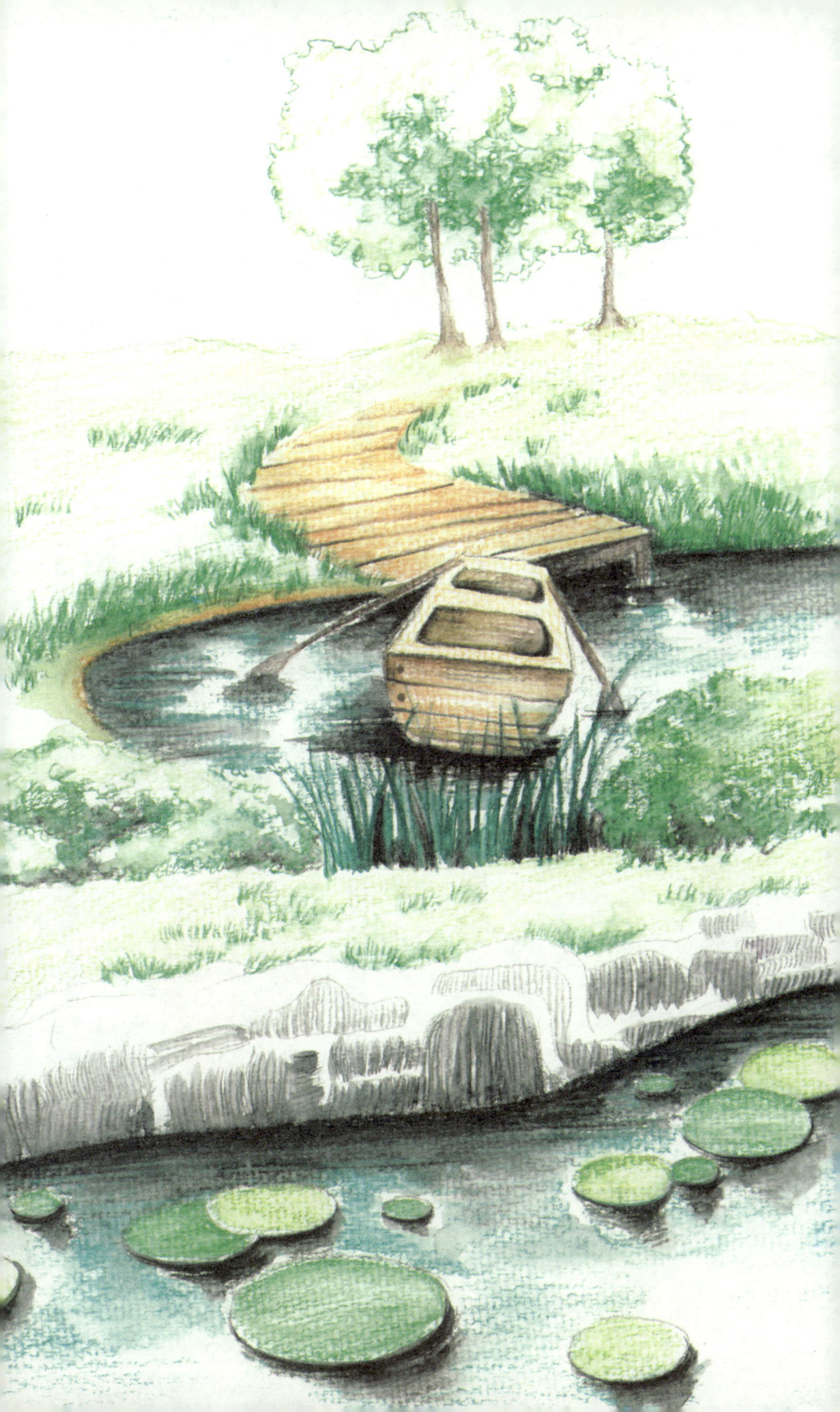

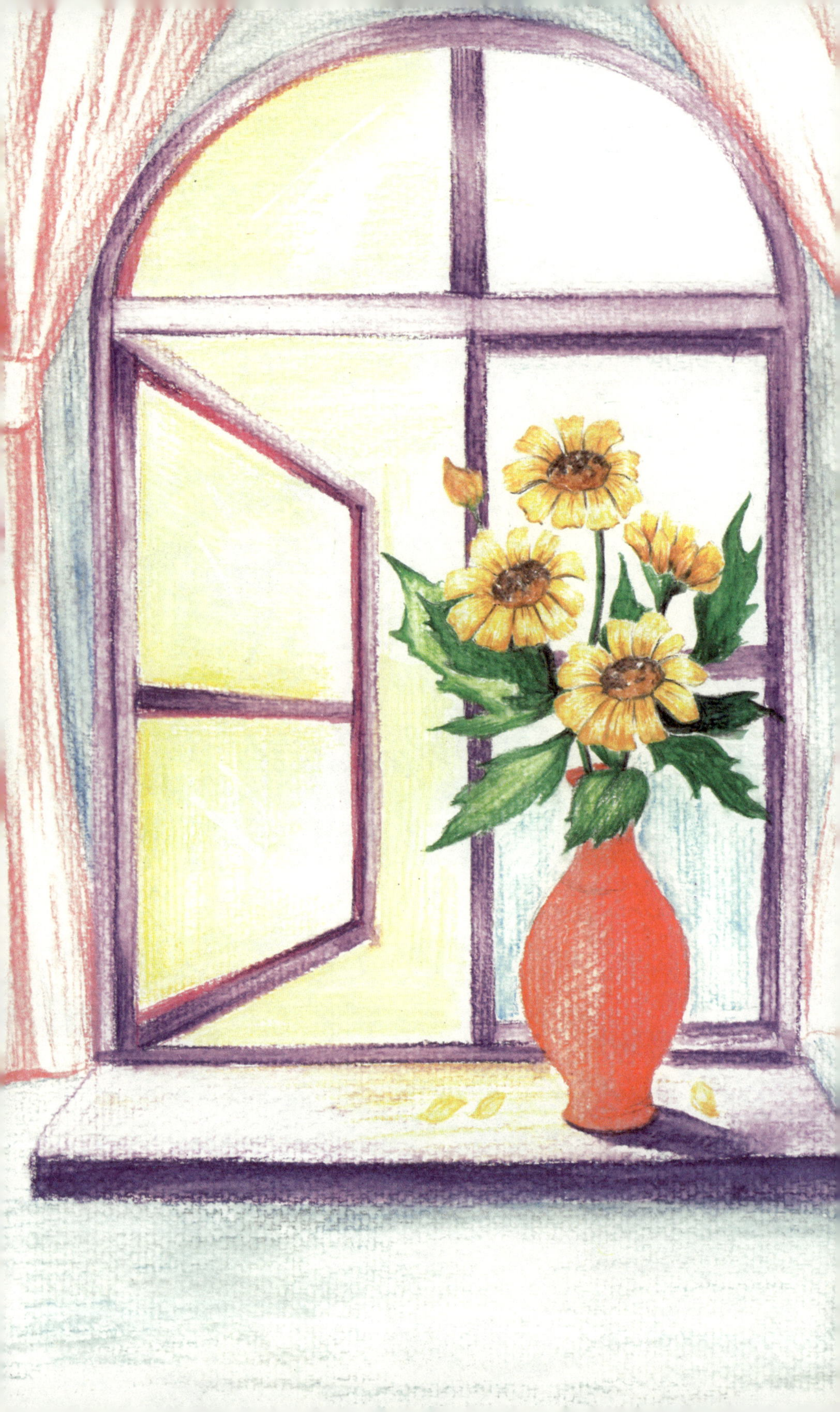

统编小学语文教科书指定阅读书系·名师讲读版（精美彩插）

克雷洛夫寓言精选

（俄罗斯）伊凡·安德列耶维奇·克雷洛夫◎著　石国雄◎译

长江出版传媒　长江文艺出版社

图书在版编目（ＣＩＰ）数据

克雷洛夫寓言精选 / （俄罗斯）伊凡·安德列耶维奇·克雷洛夫著；石国雄译. -- 武汉：长江文艺出版社，2019.1
（统编小学语文教科书指定阅读书系：名师讲读版）

ISBN 978-7-5702-0742-8

Ⅰ．①克… Ⅱ．①伊… ②石… Ⅲ．①寓言－作品集－俄罗斯－近代 Ⅳ．①I512.74

中国版本图书馆 CIP 数据核字(2018)第 268141 号

责　编：叶　露　李婉莹		责任校对：陈　琪	
整体设计：一壹图书		责任印制：邱　莉　胡丽平	

出版：长江出版传媒　长江文艺出版社

地址：武汉市雄楚大街 268 号　　　邮编：430070

发行：长江文艺出版社

电话：027—87679360

http://www.cjlap.com

印刷：武汉珞珈山学苑印刷有限公司

开本：640 毫米×970 毫米　　1/16　　印张：9.25　　插页：2 页

版次：2019 年 1 月第 1 版　　　　2019 年 1 月第 1 次印刷

行数：2265 行

定价：19.00 元

版权所有，盗版必究（举报电话：027—87679308　　87679310）
（图书出现印装问题，本社负责调换）

前　言

克雷洛夫是俄罗斯作家，全名是伊万·安德列耶维奇·克雷洛夫（1769—1844）。他出生于贫穷的步兵上尉家庭。九岁时父亲去世，只留下一箱书籍。为维持生计，小克雷洛夫就去市参议会当一名"小公务员"，过早尝到了世间生活的艰辛。

1782年克雷洛夫迁居彼得堡。当时那里正上演冯维辛的讽刺喜剧《纨绔子弟》，克雷洛夫看后很受启发，便开始写剧本。多部喜剧悲剧中，除《摩登铺子》《训女》，其余都未上演。

这期间（1789—1793）克雷洛夫曾经写过三篇寓言，没有署名发表在《晨光》杂志上，并没有什么反应。他主要精力用在办杂志上，但是因为激进的政治倾向，未能办下去，后来他就漫游俄罗斯，期间曾经给戈利岑当家庭秘书。

1804年克雷洛夫见到寓言作家德米特里耶夫，给他看了自己翻译的拉封丹的三篇寓言(《橡树和芦苇》《挑剔的待嫁姑娘》《老人和三个年轻人》)，受到德米特里耶夫的赞赏并推荐发表。这是1805年，从此他走上寓言创作道路。

克雷洛夫生活的年代经历了十八世纪最后三分之一和十九世纪前半叶。这一时期俄国社会经历了反对农奴制的普加齐夫起义，叶卡捷琳娜二世统治走向反动和没落，亚历山大一世反动统治，1812年卫国战争、十二月党人起义等重大事件。克雷洛夫接受社会先进思想的影响，紧密关注祖国的现实生活，对生活中的本质现象和重大事件作出反应。他的寓言大体上可以分为几类：

一、揭露沙皇专制统治，讽刺嘲笑统治阶级的专横、压迫、寄生、无知等。许多寓言描写了强权者的专横无理，揭露了在强者面前弱者永远有罪的强盗逻辑，像《狼和小羊》。沙皇专制制度下法律维护统治者的虚伪本质在《狗鱼》等篇中得到了揭示。而《长尾猴与眼镜》等则抨击了统治者的种种丑行。

二、反映被压迫者的无权受剥削，表达了对人民的同情，对人民优秀品质的赞美，对人民力量的信心。普希金说，克雷洛夫是"最有人民性的诗人"。克雷洛夫选择寓言作为自己的创作体裁也正是因为这种通俗的体裁能到达最广大人民群众那里。他说："这种作品每个人都能懂，连仆人、孩子都能读它们。"读了《狼和小羊》，谁都会对没理也有理的狼义愤填膺，而对弱小受欺的小羊无比同情。人民虽然无权受欺压，但是他们勤劳朴实，他们才是生活真正的主人。《鹰和蜜蜂》通过蜜蜂赞美了默默无闻从事低贱劳动的人们，颂扬他们"为共同利益而工作"，"不想突出个人的劳动"的崇高精神。劳动者虽然默默无闻，生活在底层，可是他们有着无穷的生命力、创造力，是他们供养着整个社会和统治者。《树叶和根》深刻揭示的就是这样的辩证关系。

三、反映日常生活现象，得出人生哲理，富含道德训诫意义。克雷洛夫运用幽默讽刺，批判嘲笑日常生活中的各种缺陷，总结人生经验，进而告诫人们应该如何完善自己。作者涉及的生活现象是很广泛的，诸如告诫人们不要听信别人谄媚吹捧（《狐狸和葡萄》），要谦虚好学（《狗鱼和猫》），要善于看到别人优点（《雄鹰和母鸡》），要适可而止（《杰米扬的鱼汤》），要协作一致才能办好事情（《天鹅、狗鱼和虾子》），要有柔韧不屈的品格（《橡树和芦苇》），等等。

克雷洛夫在专门创作寓言之前曾经是个剧作家，戏剧创作的一些特点在寓言中表现得也很明显，如结构紧凑，情节进展迅速。他的寓言篇幅都不长，有的只几行就成篇，有的几行就刻画了形象的性格特征。对白是戏剧的基本要素，在寓言中也得到充分运用，有的寓言几乎通篇都是对话，而且对话又都符合形象的个性，如《橡树下的猪》《长尾猴与眼镜》等。对比也是戏剧中不可或缺的因素，克雷洛夫寓言中常常可以见到这种现象的对照，如贫与富（《承包商和鞋匠》），有权和无权（《狼和小羊》），劳动与游手好闲（《蜻蜓和蚂蚁》），等等。

　　克雷洛夫的寓言反映了现实生活，刻画了各种性格，表达了先进思想，因此深受当时人们的喜爱，成为十九世纪上半叶读者最爱阅读的作家作品之一，他每发表新的寓言也成为文学和社会生活瞩目的对象，他的寓言对于形成俄罗斯人民的社会意识起着积极作用。克雷洛夫寓言在世界上也有广泛声誉，在作家生前就被译成十余种文字，而现在则已有五六十种，有的被收入教材，因此他的影响是深远的。

南京大学外国语学院教授
石国雄

目 录

乌鸦和狐狸 / 001

橡树和芦苇 / 005

青蛙和犍牛 / 008

帕耳那索斯 / 011

狼和小羊 / 014

长尾猴与眼镜 / 018

雄鹰和母鸡 / 021

青蛙想要一个国王 / 024

分红利 / 030

鹰和蜜蜂 / 032

狗鱼和猫 / 035

大车队 / 039

驴子和夜莺 / 043

承包商和鞋匠 / 047

大象和哈巴狗 / 053

苍蝇和赶路的人 / 056

雄鹰和蜘蛛 / 059

雄鹰和鼹鼠 / 062

四重奏 / 066

树叶和根 / 070

天鹅、狗鱼和虾子 / 073

池塘和河流 / 076

特里什卡的长褂 / 080

火灾与钻石 / 082

花 / 085

好心的狐狸 / 088

杰米扬的鱼汤 / 092

小家鼠和大家鼠 / 094

黄雀与鸽子 / 096

镜子和猴子 / 097

贪婪者和母鸡 / 100

赫耳库勒斯 / 102

猎人 / 104

狐狸和葡萄 / 107

勤劳的熊 / 110

橡树下的猪 / 112

蜘蛛和蜜蜂 / 115

悭吝人 / 118

两条狗 / 121

狗鱼 / 124

宝刀 / 126

大炮和风帆 / 129

猫头鹰和毛驴 / 132

狮子和老鼠 / 134

乌鸦和狐狸

已经向世人反复说过多次,

阿谀奉承是卑鄙有害的;

只是这话全都没有用处,

献媚者总能在人心里找到一席之地。

※　※　※　※　※

上帝给乌鸦送来了一小块奶酪,

乌鸦吃力地高飞上枞树,

本已完全打算好好美餐一顿,

却又叼着奶酪沉思起来。

不幸狐狸正从近旁跑过,

奶酪的香味使它突然停步:

狐狸看见了奶酪，

奶酪迷住了狐狸。

狡猾的狐狸蹑足走近了枞树，

摇着尾巴，目不转睛盯着乌鸦，

轻声轻气甜美动听地说：

"亲爱的，你长得多漂亮！

瞧这可爱的脖子，瞧这动人的眼睛！

真的，就像是童话里讲的一样！

多美的羽毛，多巧的小喙！

想必还有一副美妙的歌喉！

唱吧，亲爱的，别不好意思！

外表这样美要还是唱歌高手，

你可就是我们的鸟中之王了！"

乌鸦被赞美得忘乎所以，

高兴得喉咙口直憋得慌——

为了回报狐狸的奉承话，

便放开破嗓门"呀"的一声。

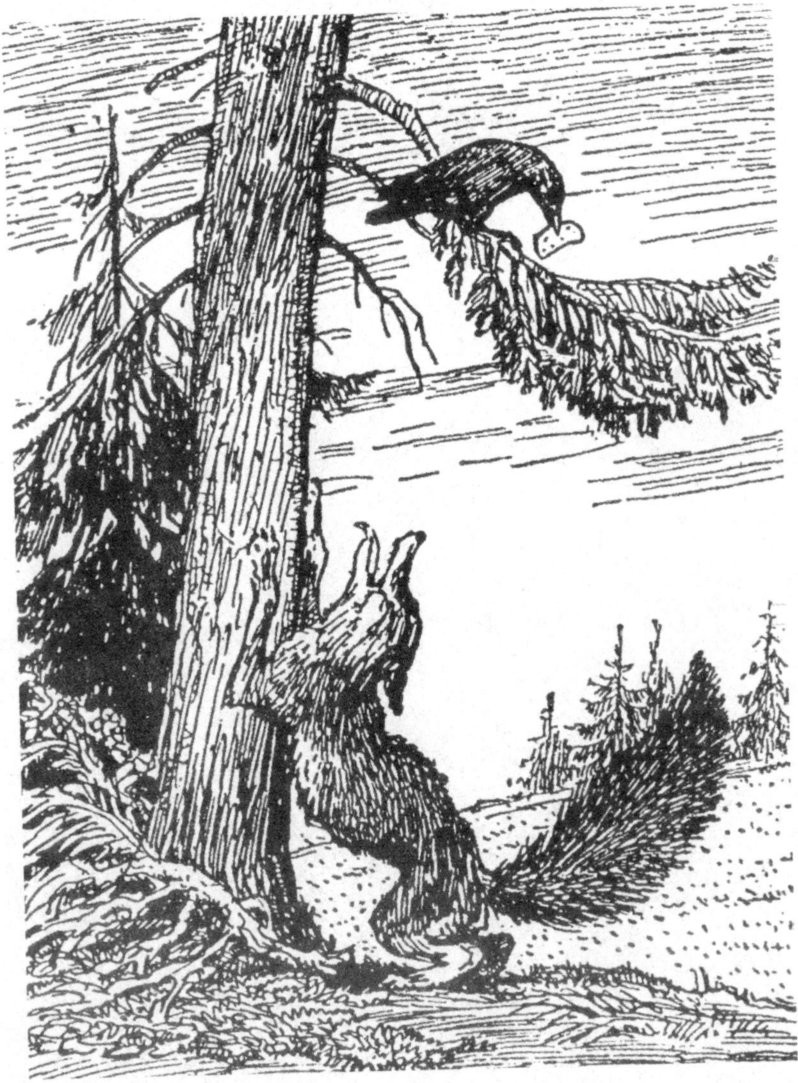

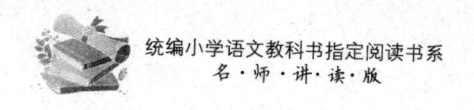

奶酪掉下去了——

它落到了那个骗子爪中。

橡树和芦苇

一天橡树与芦苇交谈起来。
"真的,你有权埋怨造物主,"
它说,"连麻雀你也经不住。
仅是吹起一层涟漪的微风,
你就弱不禁风,摇来晃去,
弯腰曲背,一副孤苦无依样,
看着你都让人觉得真可怜。
可我像高加索山傲然挺拔,
不仅能阻挡那太阳的光线,
而且还笑对那旋风和雷雨,
坚如磐石,劲健挺立其中,

仿佛身处风平浪静的世界。
对你来说全都是狂风暴雨，
对我而言全只是和风细雨。
你哪怕是长在我的四周围，
我就能用我的浓阴覆盖你，
我就能保护你免受风雨苦，
但造物主却把你带到岸边，
那里是肆虐的风神的领地，
当然它对你一点也不关心。"
"你很富怜悯心，"芦苇答道，
"但别忧虑：我没这么糟，
我并不担心旋风会摧残我，
虽然我被吹弯，但不折断，
因此暴风雨对我损害不大，
它们对你的威胁更要大些！
确实，它们的狂暴至今还
没有征服你的坚固和强壮，

它们的袭击没有使你低头,
但是——我们拭目以待吧!"
芦苇刚刚说完这一番话语,
突然从北方袭来呼啸狂风,
夹带着冰雹雪子倾盆大雨,
橡树坚挺着,芦苇伏向地。
风怒号着,风力越来越强,
它一声咆哮——连根拔起了
头顶着天脚抵着地的橡树。

青蛙和犍牛

青蛙生性颇好忌妒,
在草地上见到犍牛,
便要与它比较身量。
它直起身腆出肚子,
喘着粗气鼓胀起来。
"瞧,"它对女友说,
"我与它差不多了吧?"
"不,朋友,差得远呢!"
"看,现在我鼓胀大了,
怎么样,变壮了吧?"
"几乎没什么两样。"

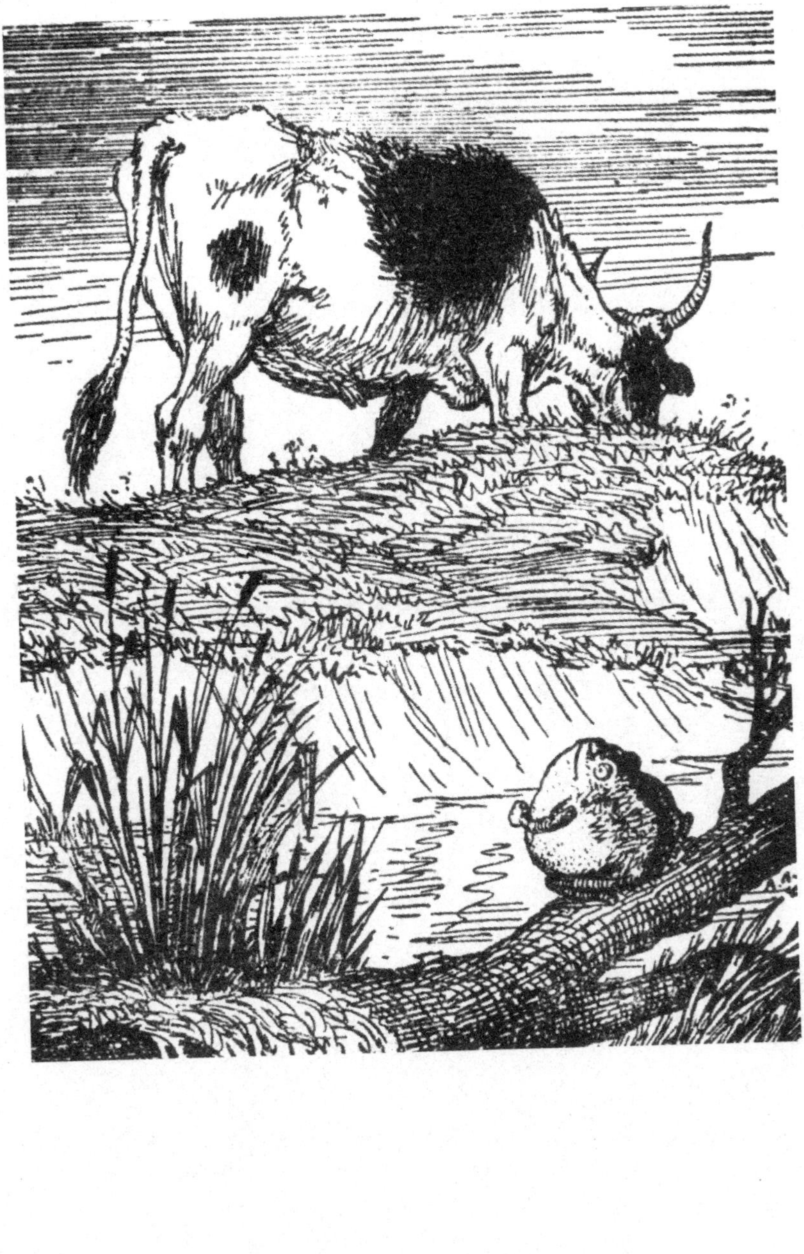

"现在呢？"

"还是老样子。"

青蛙鼓着气，鼓着气，

终于鼓胀得过了头，

胀破了肚皮送了命，

最终未能比过犍牛。

※　※　※

这样的例子世上不止一个：

小市民想像富豪那样生活，

小人物想像贵族那样显赫。

这岂不是天方夜谭的怪事！

帕耳那索斯①

诸神被赶出希腊之后,

他们的领地便被分给世人,

有人分得了帕耳那索斯山,

新主人开始在那里放养驴。

驴子们不知从哪里了解到,

缪斯②曾经在这里生活过!

于是便说:"不是无缘无故

把我们赶到帕耳那索斯的!

世人听厌了文艺女神的歌,

---

① 帕耳那索斯为希腊神话中太阳神和文艺女神缪斯的居住地。——译注

② 缪斯是九位文艺女神的总称。——译注

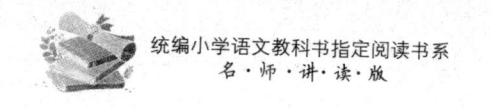

他们希望我们在这里歌唱!"

"那就努力吧,"一头驴子喊,

"别没有信心!我起个头唱,

你们要立刻跟上来别落下。

朋友们,不要再胆小羞怯!

一定要为我们毛驴争面子,

要唱得比九姐妹更加嘹亮,

要组织起我们自己的合唱。

为了使我们的弟兄都明白,

我们先要订立这样的规矩:

如谁唱得没有毛驴的特色,

就不许它留在帕耳那索斯。"

驴子们赞同这番花言巧语,

新的合唱传出了奇声怪调,

仿佛开动了一列载重车队,

没上油的车轮吱嘎吱嘎响。

这杂乱刺耳声怎么告终呢?

主人忍无可忍,便把它们
从帕耳那索斯赶进了畜栏。

※　※　※　※

不学无术的人不要生气,
我想提醒一句古老良言:
如果脑袋里面空空如也,
地位也不会使脑袋聪明。

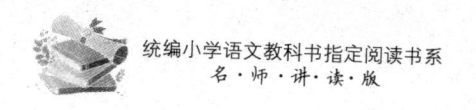

狼和小羊

弱者在强者面前总是有错,
我们听到历史上无数事例,
但我们现在不是撰写历史,
就来看看寓言是怎么说的。

※　※　※

夏日小羊到小溪边喝水,
也该它碰上倒霉和不幸:
饥饿的狼正在附近觅食,
看见小羊就想捕为猎物,
但总得给个合法的借口,
于是喊道:"放肆的东西,

竟敢用你那肮脏的嘴巴
搅得我的饮水满是泥沙。
如此胆大妄为无法无天,
我要拧掉你的木瓜脑袋。"
"贤明的狼大人容我禀告:
我在离您百步下游喝水,
怎么也不会搅浑您的水。"
"这么说,我是在瞎说!
你这卑劣东西,
世上竟有这等大胆放肆!
记得前年夏天就在这里,
你也曾经对我出言不逊,
我对这件事并没有忘掉!"
"对不起,我没满周岁。"
"那么就是你哥哥。"
"我没有哥哥。"
"那么是你的亲戚。

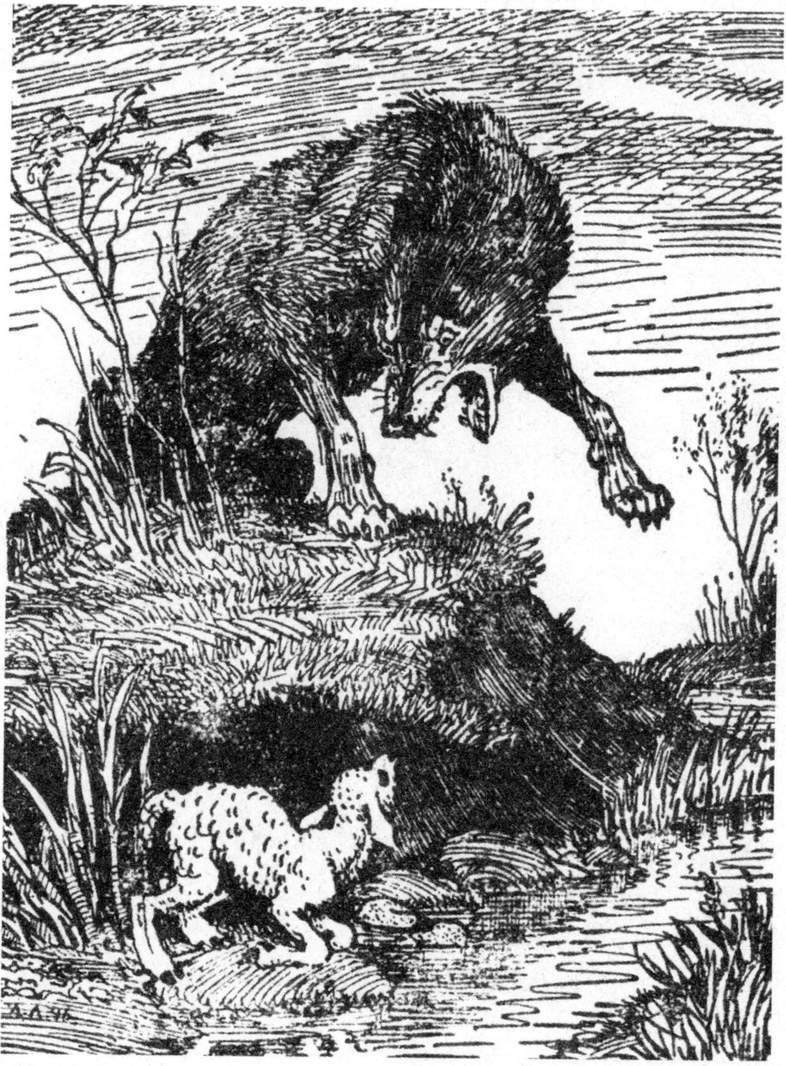

反正是你族里的人。

你们,牧羊犬和牧羊人,

一个个都对我怀着敌意,

如果有机会,总想害我。

现在我要跟你清算这账。"

"啊,可是我有什么错?"

"闭嘴!我没耐心听你,

也没工夫弄清你的过错,

你的过错在于我想吃你。"

狼一说完就把小羊拖进

阴森森、黑幽幽的树林。

长尾猴与眼镜

长尾猴年迈眼昏花,

它从人们那里听说,

这还不算多大灾难,

只要戴上眼镜就行。

它弄来近半打眼镜,

这样那样转动它们,

一会儿紧按在额上,

一会儿串挂尾巴上,

一会儿闻一闻,

一会儿舔一舔,

眼镜怎么也不管用,

"这真糟糕!"它说,
"谁听人胡说八道,
谁就是个笨蛋傻瓜。
关于眼镜的各种话
全都只是对我撒谎,
戴它们一点没有用。"

※　※　※

不幸人们也常这样:
无论东西多么有用,
他们都不明其价值,
无知者使好事变坏,
如果无知者较显贵,
他就更加会损害它。

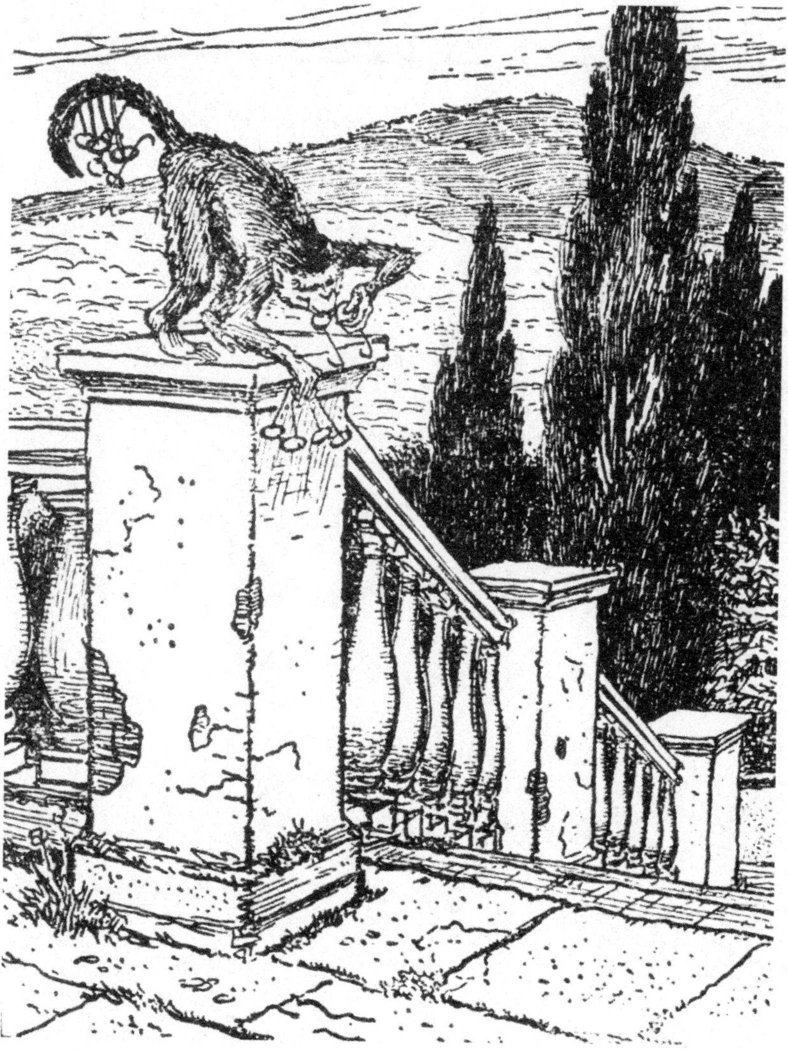

雄鹰和母鸡

雄鹰想尽情欣赏

明媚灿烂的白天,

它在高空自由翱翔,

在闪电诞生处转悠。

最后它从云端飞降,

落在烘谷房上休憩。

虽然对雄鹰来说

这栖息地不太合适,

但是鸟王有些任性:

想对烘谷房表示关注,

也许,附近没有橡树,

也没有花岗石岩崖,
它只能在这里落脚。
我不知道它怎么想。
雄鹰刚歇息一会儿,
就飞上另一座烘谷房。
凤头母鸡看到这情景,
就跟自己的鸽邻居说:
"真的,如果我愿意,
也能在烘谷房间飞行。
以后不会有这等傻瓜,
认为雄鹰比我们尊贵。
它们不比我们多长腿,
也没有比我们多长眼。
你刚才可已经看见了,
它们飞得像母鸡一样低。"
雄鹰对这谬论十分厌恶,
回答说:

"你说得对又不完全对:

雄鹰有时是飞得比鸡低,

但鸡永远也飞不上云霄!"

※　※　※

当你评论有才能的人时,

别徒劳去计较他们的缺点,

而应该感知什么是

他们的强处和优点,

善于理解他们的不同水平。

青蛙想要一个国王

由人民治理国家,
青蛙感到不合适。
不分上下,自由生活,
它们觉得没有了体面,
为了摆脱这尴尬局面,
它们请上帝派个国王。
上帝素不听各种胡言,
这次却听了它们的话,
给它们派去一个国王。
国王轰隆隆从天而降,
重重地落到了王国上。

泥泞的国家一片骚乱，
青蛙们吓得惊恐万分，
一个个拼命四处奔跑：
能怎么脱逃就怎么逃，
能往哪儿跑就往哪跑。
它们在洞里窃窃私语，
派来的国王不同寻常，
这国王也确别具一格：
不忙乱不轻浮很持重，
沉默寡言，傲慢庄重，
身材魁伟，凛凛威风，
嗨，这就是不同凡响！
国王只有一点不好：
它是个十足的呆瓜。
起先尊崇它至高无上，
臣民谁也不敢走近它，
透过菖蒲苔草恐惧地

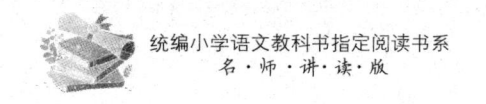

从远处偷偷地望着它。
但是因为世界上没有
世人看不惯的新奇事，
它们先是解除了恐惧，
后来怀着忠诚爬近去，
先是俯伏在国王面前，
胆大者就对它侧身坐，
也有试图坐他旁边的，
更勇敢者则背朝他坐。
多亏国王容忍了一切。
等不多会，你就瞧吧，
谁想谁就往它身上跳。
跟这样的国王同生活，
仅仅三天就令人厌烦。
青蛙递交了新的呈文，
让宙斯给它们沼泽国，
派一个真正的好国王，

宙斯接受了热诚祈求,

派仙鹤去它们的国家。

这个国王可不是傻瓜,

完全具有另一种禀性。

它不喜欢娇惯臣民,

它以罪人作为食物,

而站在它的法庭上,

无论谁都沦为罪人,

因此它的一日三餐,

全是受惩治的青蛙。

黑暗的岁月降临到

沼泽国居民的头上,

每天青蛙数都短缺。

国王从早到晚巡视国家,

途中无论它遇到谁,

马上就抓来审判它,

接着便立即吞吃它。

叫苦声比过去更响，

央求宙斯再给它们

重新赏赐一个国王，

因为现在这个国王

吞吃它们如同苍蝇，

它们甚至不敢露面，

不能无忧无虑啼鸣。

（这有多可怕！）

总之，它们的国王

比干旱更令人厌恶。

"为什么过去不好好生活？

不是你们吵得我不安宁？"

上天的声音告诉它们，

"不是你们吵着要国王？

给了你们一个国王——

说这个太温顺平和，

你们在水里闹不休，

给你们另一个国王,

说这个太凶狠恶毒。

还是跟它一起生活,

免得日子更不好过!"

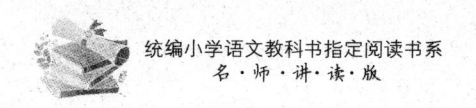

分红利

几个受人尊敬的商人

共同拥有房子和账房,

经商买卖赚了大笔钱,

生意结束分起红利来。

但是什么时候分利不争吵?

为钱物他们吵得不可开交。

突然有人喊,他们的房子起火了。

"快,快去救货物和房子!"

他们中一人大声叫着,

"去吧,我们以后再算账!"

"只是先得补我一千卢布,"

另一个吵闹说,

"否则我决不会走开半步!"

"还没有补给我两千卢布,

瞧这里账上已经写清楚了。"

还有一人嚷道,

"不,不,我不同意!

怎能这样,为了什么,为什么!"

他们激烈争吵大声叫喊着,

竟忘了房子里大火燃烧着,

并把他们吞没在浓烟雾中,

商人及所有财物全被烧尽。

※ ※ ※

在一些十分重要的事件中,

大家遭到不幸往往是因为

没有齐心应对共同的不幸,

各自想着争得自己的利益。

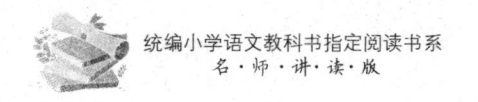

鹰和蜜蜂

在能出名的舞台上

活动的人是幸福的,

因为整个世界都是

他的功绩的见证人,

这一点也赋予他力量。

但默默无闻的人也值得尊敬,

因为他放弃安逸,

从事卑微的劳动,

既不贪名誉也不图荣耀,

只有一个念头使他振奋:

他是为大家的利益劳动。

※ ※ ※

看到蜜蜂在鲜花周围忙碌，
有一天鹰轻蔑地对它说道：
"可怜虫，我非常怜惜你，
怜惜你的劳动，你的才艺！
整个夏天你们都在造蜂房，
可谁来分辨奖赏你的功劳？
真的，我不理解你的意愿，
辛劳一生，有什么意义呢？
和大家一样默默无闻死去！
我们之间真有天壤之别呀！
当我张开嗖嗖扑扇的翅膀
在万里云端自由地翱翔时，
所到之处我都撒下了恐惧：
鸟类不敢从地上飞向天空，
牧人放牧畜群时不敢打盹，
迅捷的扁角鹿远远看见我，

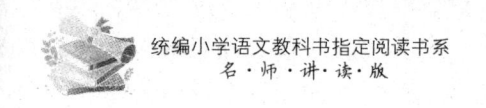

也不敢在田野上抛头露面。"

蜜蜂回答:"你值得夸奖尊敬!

愿宙斯继续赐恩惠于你!

我生来为大家的利益干活,

我不企求奖赏自己的劳动,

看到蜂房,我感到很欣慰,

因为里面也有我的一滴蜜。"

狗鱼和猫

如果鞋匠开始烤馅饼,

那一定很糟糕,

而由馅饼师傅来缝鞋,

那事情就搞不好。

已经指出过千百次,

爱去干陌生行当的人

总比别人固执和荒唐,

他宁肯把事情都弄糟,

宁肯成为世人的笑柄,

也不愿向诚实懂行的人请教,

不愿听取他们理智的劝告。

※　※　※

牙齿尖利的狗鱼冒出念头，

要去干猫的行当。

不知是受嫉妒心折磨，

还是鱼食使它腻烦了？

它就是想请猫带它去打猎，

即到谷仓去捕老鼠。

"得了吧，你懂这一行吗？"

猫对狗鱼说，

"干亲家，小心别丢人现眼！

俗话说得不是没道理：

事怕行家，隔行如隔山。"

"够了，干亲家！

捕老鼠，这有什么稀奇！

我们还经常捕鲈鱼呢。"

"那就祝你顺利，走吧！"

它们去了谷仓，埋伏守候起来。

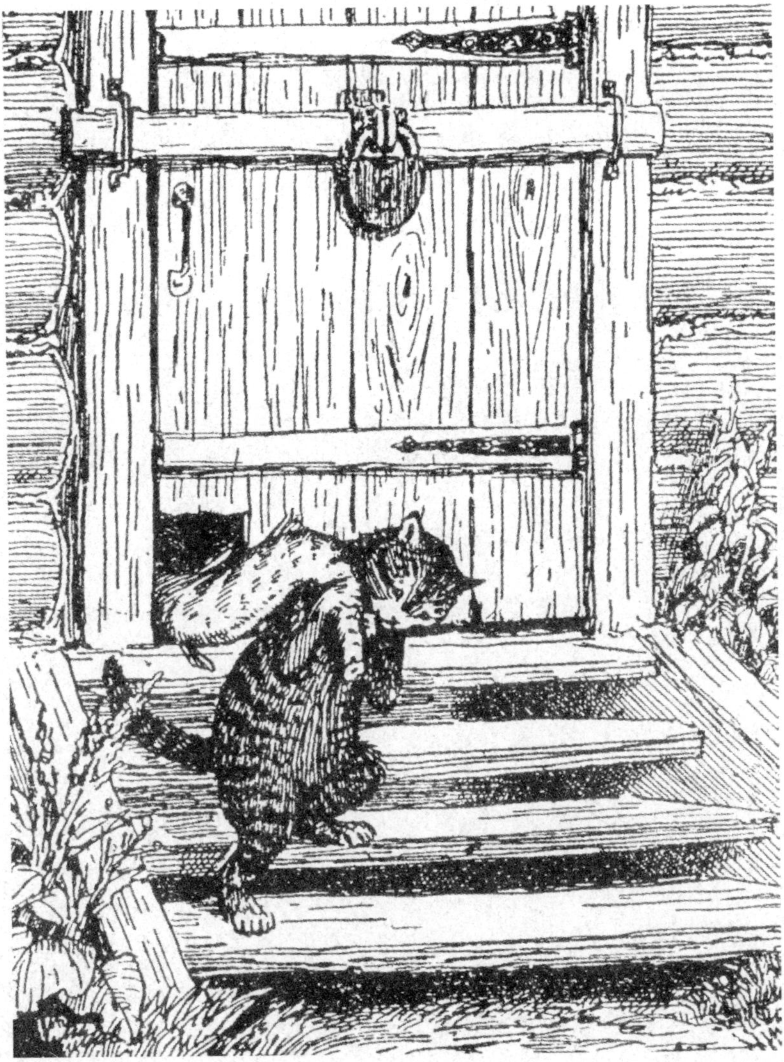

猫玩够了，吃足了，

就去看望干亲家。

狗鱼张大嘴，奄奄一息躺着。

老鼠咬掉了它的尾巴，

看到干亲家根本不能干活，

猫就把半死不活的它

拖回到池塘里。

这样做很有道理！

狗鱼，这对你是教训，

今后要变聪明些，

不要再去捉老鼠。

大车队

大车队载着许多瓦罐行进,

必须从陡峭的山上往下走。

让其余的车留在山上等待,

主人小心地赶着第一辆车,

好马几乎用骶骨顶着大车,

不让大车往下滑行。

可怜的马每走一步,

山上一匹年轻的马

就冲着它骂声不绝:

"受人赞扬的马,真怪了!

瞧,走起来像虾一样爬行。

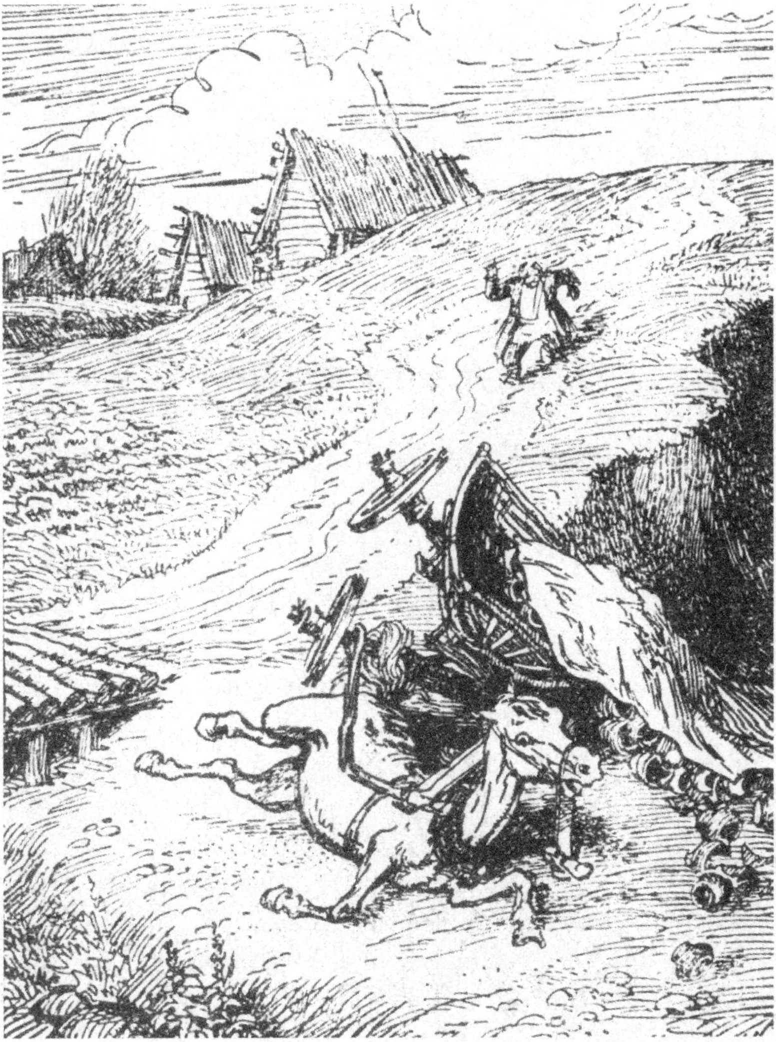

现在又差点被石头绊了。

歪啦！偏啦！

胆大一点！瞧又震了一下。

这里只要往左一点就好了，

真是头蠢驴！如果是上山

或是夜行，那倒也就罢了，

可现在又是白天又是下山！

看着都让人受不了！

如果你没本事，驮水也罢！

你好，瞧我是怎么拖车的。

别担心，我不会浪费时间，

我不是拉车走，而是飞车！"

小马即拱起脊背绷紧胸膛，

拉着大车就动身下山路了，

但是刚往山下走就止不住，

大车开始逼近来，往下滑，

从后面推着马，把它甩一边。

马干脆撒开四条腿奔起来，

奔过石头沟坎，又蹦又跳，

往左，往左——连同大车

轰隆一声掉进山间的水沟！

完了，主人的瓦罐！

※　※　※

许多人有同样的毛病：

觉得别人做的全是错的，

而自己做起来

却做得加倍糟糕。

驴子和夜莺

驴子看见了夜莺,对它说:
"听着,朋友,大家都说,
你是了不起的唱歌高手。
我倒想亲自听你唱一唱,
然后亲自来评一评,
你的本事是否真的这么大?"
夜莺马上开始表现自己的才艺,
啁啁啾啾,嘤嘤唧唧,
千啭百啼,轻曼缠绵,抑扬顿挫,
一会儿柔声细语,
像远处陶然心醉的芦笛声,

一会儿呖呖清朗,

如大珠小珠落玉盘响彻树林,

周围万物都在聆听

奥罗拉①的宠儿和歌手。

风儿停息了,

畜群静卧了,

鸟儿的合唱也沉寂了,

牧人屏息静气欣赏着,

只是有时朝牧女莞尔一笑。

歌手唱完了,

驴子面颊冲着地面说:

"相当不错。老实说,

没有索然无味地听你唱,

可惜你不认识我们的公鸡,

假如你稍微向它学一学,

你还会唱得更好。"

---

① 奥罗拉,罗马神话中的曙光女神。——译注

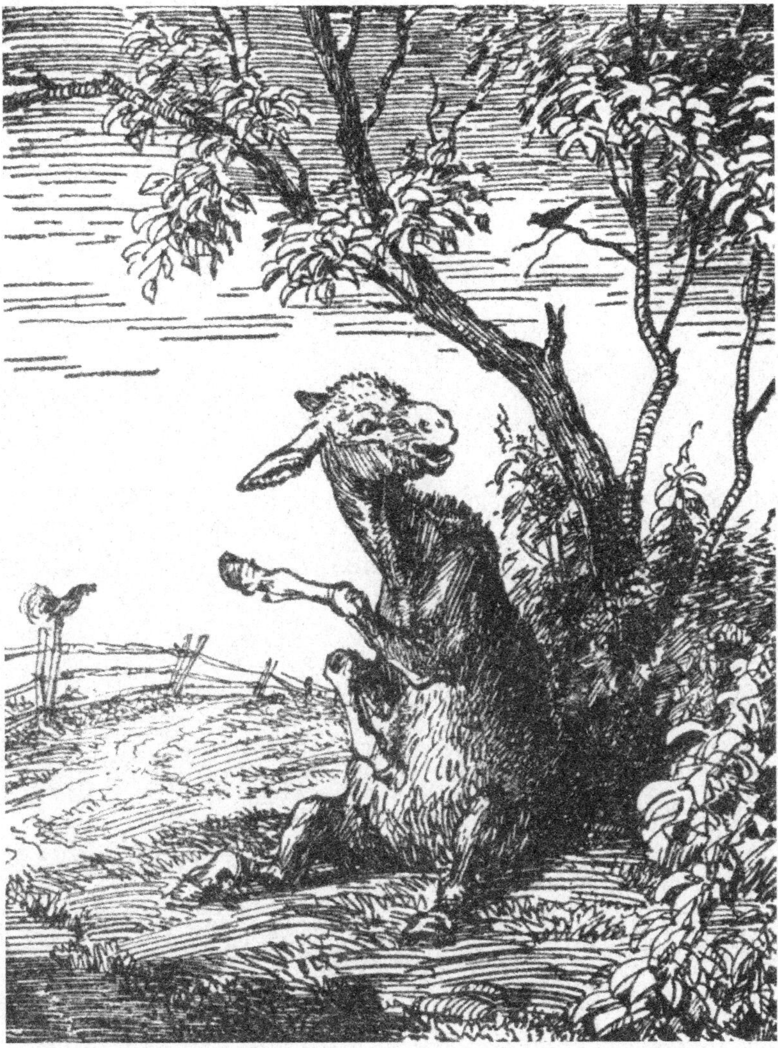

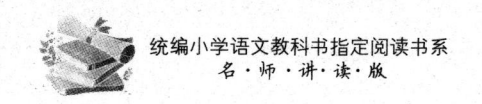

听到这样的评判,

可怜的夜莺振翅飞向远方。

※　※　※

千万别给我们这样的评判者。

承包商和鞋匠

有钱的承包商住在豪宅里,

好吃好喝,香甜可口,

每天举办酒会盛宴,

财宝多得数不胜数,

家中的甜品和酒类,

不论你想要什么,

应有尽有绰绰有余,

总之,好像天堂就在他的豪宅里。

只有一件事令承包商痛苦:

夜里他睡不着觉。

也许他是怕上帝的审判,

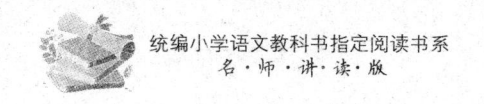

或者不过是怕破产。

不知为什么总是睡不着。

即使黎明时打个盹儿,

还碰上了新的倒霉事:

上帝给了他一个歌手做邻居,

邻居的小屋与富商窗对窗。

他是穷鞋匠,但是歌手、快活人。

每天黎明到中午到夜里,

他总唱个不停,不让富商睡觉。

怎么办?怎么跟邻居商谈,

让他不要再唱歌?

命令他不许出声:没有这权力。

请求过,但请求不管用。

终于想出了办法,

派人去叫邻居,邻居来了。

"亲爱的朋友,你好!"

"万分感谢你的亲切问候。"

"生意怎么样,克里姆?"

(用得着谁,就知道谁的名字。)

"老爷您问生意?还不错!"

"因此你这么快活,总是唱歌?

看来,你日子过得挺幸福?"

"抱怨上帝可是罪过,

再说有什么奇怪的呢?

我总有忙不完的活计,

我老婆心地好又年轻。

谁不知道,跟好老婆,

一起过日子要快活些。"

"你有钱吗?""哎,没有。

没多余的钱,也就没有多余的念头。"

"这么说,你不想成为有钱人?"

"我可没说这话。

虽然我为现有的一切感谢上帝,

但是老爷您自己也知道,

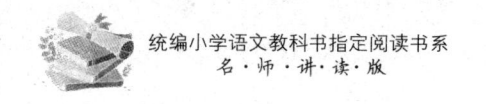

人活着总想更多地得到，

今天的世道就是这样。

我想，您也还嫌您的财宝少，

做个有钱人没什么不好。"

"你说得有道理，朋友，

我虽然有钱，但也有烦恼，

虽然俗话说，贫非罪，

但是无论如何得忍受，

宁肯忍受富裕带来的烦恼。

我喜欢你说真话，

我给你一袋卢布，请收下。

等着吧！上帝保佑，

在我的帮助下你会富起来。

要注意，别挥霍这些钱，

珍惜它们以备不时之需！

那是五百卢布整。再见！"

我的鞋匠紧紧抓住钱袋，

把它藏到前襟里，

不是跑而是飞似的赶回家，

夜里把它埋在地下——

同时也埋葬了他的快活！

不仅歌声没有了，

睡梦也不知跑到哪儿去了，

（他也知道失眠了！）

一切都令他可疑。

一切都令他惊惶。

夜里猫稍有动静，

他觉得是盗贼进了他家，

便吓得浑身发冷，

竖起耳朵谛听。

总之，这时的日子难过得

简直想投河寻死。

鞋匠绞尽脑汁，想来想去，

终于开了窍。于是

拿起钱袋跑到富商那里,

说:"谢谢您的好意,

这是您的钱袋,请收回。

我在此前不知道,

怎么有人会睡不好。

您过您的富裕生活吧,

我不需要百万钱财,

我要唱歌,我要睡梦。"

大象和哈巴狗

有人牵着大象在街上走，
显然是为了让人们瞧瞧。
众所周知，在我们这儿，
大象是稀罕珍兽，因此
一群看热闹者跟在象后，
不知从哪儿冒出哈巴狗，
看到大象就冲着它扑去，
又吠叫又尖嚎又冲又撞，
嚄，一个劲要与象打斗。
"邻居，别自己出丑了。"
老黄狗对它说，

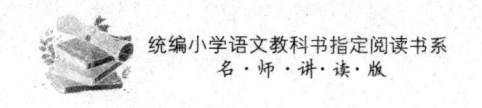

"难道你是大象的对手？
瞧，你已经声嘶力竭了，
象却自管自径直往前走，
根本不在乎你的吠叫声。"
"嘿，嘿！"哈巴狗回答，
"我根本不需要与象斗，
就能跻身豪勇的狗之列。
让狗儿们去说吧：
'哟，哈巴狗！好厉害，
竟敢对大象狂吠乱叫！'"

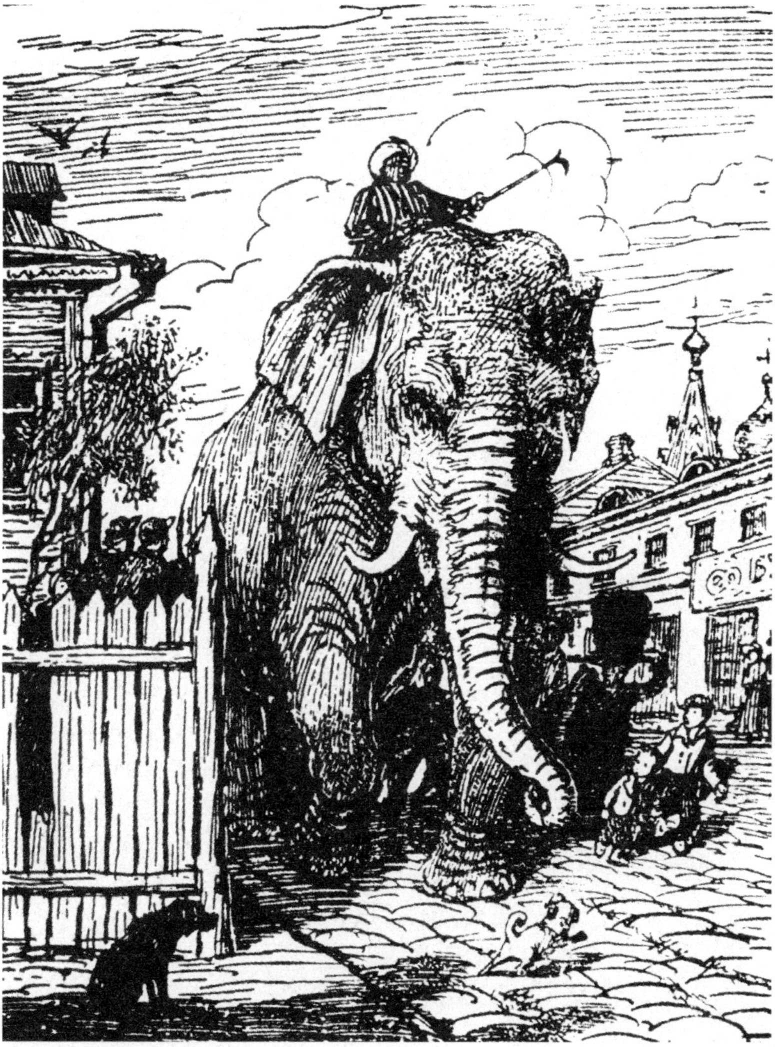

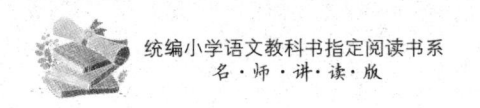

苍蝇和赶路的人

在七月最炎热的中午时分,
一辆四套马车载着行李和
贵族一家在沙地上
向山间缓慢地拖行。
四匹马已疲惫不堪,
不论车夫怎么竭力驱赶,
最后还是只好停下来。
车夫从赶车人位上爬下来,
这个使马受苦受难的人,
与仆人一起拿着鞭子
从两边虐打马匹。

无济于事。于是老爷、太太

以及他们的子女、家庭教师

全都爬下了载重大的马车。

但是，要知道，马车装得满满的，

虽然马匹拉动了它，但还是

在沙地上勉强向山里行进。

碰巧有一只苍蝇在这里，

怎么能不帮助有难者呢？

于是它挺身而出来帮忙：

用足全身力气嗡嗡叫着，

在马车周围忙得团团转，

一会儿在辕马鼻子上方盘旋，

一会儿在拉边套的马额头咬一口，

一会儿突然停到车夫位子上，

或者撇下马在人中间钻来钻去，

犹如承包商在市场上忙个不停。

它只是抱怨谁也不想帮助它。

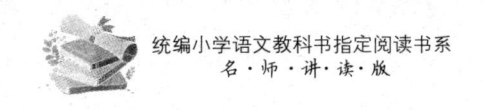

这时仆人们慢腾腾跟在后面胡扯,

家庭教师与太太在窃窃私语,

老爷与女仆去松林找蘑菇晚餐用,

把需要自己料理的一切置之脑后。

苍蝇对大家嗡嗡埋怨,

只有它一个在操心一切。

与此同时马匹已一步一步

把车拖到平坦的大路上。

"好了,"苍蝇说,"现在谢天谢地,

你们上车吧,祝一路顺利。

而我几乎抬不起翅膀了,

让我休息一下吧。"

※　※　※

世界上有许多这样的人

他们到处想插上一手,

喜欢在根本不需要他们的地方忙活。

雄鹰和蜘蛛

雄鹰朝云层后高加索山顶飞去,
降落在那里的一棵百年雪松上,
开始欣赏下面辽阔优美的景致。
它从这里似乎把大地一览无余,
在那里河流在草原上蜿蜒奔流,
这里树林和草地披着翠绿春装,
那里是怒涛汹涌滚滚的黑海,
远看像是黑油油的乌鸦翅膀。
"赞美你,宙斯,你统治着世界,"
雄鹰向宙斯大声呼唤,
"决定给我如此高明的飞翔本领,

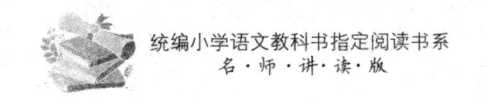

我不知道还有什么达不到的高度,

我能从谁也飞不到的地方,

把美丽的世界尽收眼底。"

"我看,你就是个牛皮!"

这时蜘蛛从树枝上回答。

"我待在这里比你低吗?"

雄鹰抬头向上望,确实,

蜘蛛在它上方张开了网,

正在一根树枝上忙碌着,

似乎它想遮蔽鹰的阳光。

"你怎么会在这么高的地方?"

鹰问,"那些勇敢的飞鸟

也不是都敢飞到这里的。

你既没有翅膀又很弱小,

难道你是爬到上面来的?"

"我没有这么大的决心。"

"那你怎么会在这里的?"

"我就附着在你尾巴上,

是你自己把我带上来的。

在这里没你我也能立足,

在我面前别自以为了不起,

要知道,我……"

这时不知从哪里吹来一阵旋风,

把蜘蛛又刮到了下面。

※　※　※

不知你们怎么认为,

我觉得有不少人像蜘蛛,

他们不凭才智不凭劳动,

只是紧抓住显贵的尾巴,

就平步青云拼命向上爬。

他们还要显得神气活现,

仿佛上帝赐予他们雄鹰的力量,

可是只要刮起一阵风来,

就把他们连同蛛网一起刮下来。

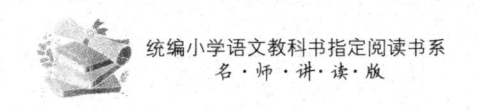

雄鹰和鼹鼠

不要忽视任何人的建议,

首先该分析它是否有理。

※　※　※

雄鹰带着雌鹰伴侣,

从远方来到原始森林,

想在那里永久定居。

它们选择了一棵

枝叶繁茂的高大橡树,

在树顶开始修筑巢窝,

指望夏天在这里

生下自己的孩子。

鼹鼠听到了这一消息，
鼓起勇气向雄鹰进言：
这棵橡树不适于居住，
它的根几乎全部腐烂，
大概不久就会倒下的，
让雄鹰别在上面筑巢。
但是雄鹰岂能接受，
来自洞穴的劝告呢？
而且还是鼹鼠说的！
何况别人还有赞语说，
雄鹰有锐利的眼睛。
再说鼹鼠凭什么
竟敢干预鸟王的事情！
雄鹰压根儿蔑视鼹鼠，
不跟它多说，加快干活，
不久就为鸟后盖好新居。
很快鹰夫妇有了孩子，

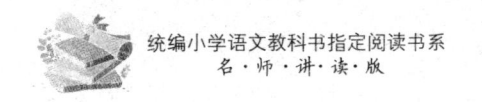

一切都很美满幸福。

但是结果是什么呢？

有一天雄鹰迎着朝霞，

带着丰盛的早餐，

从天外捕猎归来，

匆匆飞回自己的家。

它看到橡树已经倒下，

压死了雌鹰和孩子。

雄鹰痛苦万分两眼发黑，

"我真不幸！"它说，

"因为我的高傲轻慢，

命运残酷地惩罚我。

我没有听明智的劝告，

哪能想到渺小的鼹鼠

会提出善良的劝告呢？"

"假如那时不轻视我，"

鼹鼠从洞穴里对它说，

"你就会想到

我在地下挖洞，

经常在树根附近，

树是否健康

我知道得更清楚。"

四重奏

调皮的长尾猴、驴、

山羊和笨拙的熊

想出要演四重奏。

它们搞来了乐谱、

大提琴、中提琴,

还有两把小提琴,

坐到菩提树下的草地上,

想用自己的技艺征服世界。

它们奏起提琴,拉来拉去,

却拉不出什么名堂来。

"停,停!"长尾猴喊道,

"等一下，这怎能算音乐？

要知道，你们坐得不对。

你是拉大提琴的，

要坐在中提琴对面，

我是第一小提琴手，

要坐在第二小提琴手对面，

那样奏出的音乐就不同了。

森林和群山就会

在我们面前起舞。"

大家各就各位，开始演奏。

四重奏仍然不协调。

"等一下，我找到了秘密！"

驴子喊道，"如果我们并排坐，

一定会取得成功。"

大家听从了驴子，

规规矩矩坐成一排。

四重奏仍然不入调。

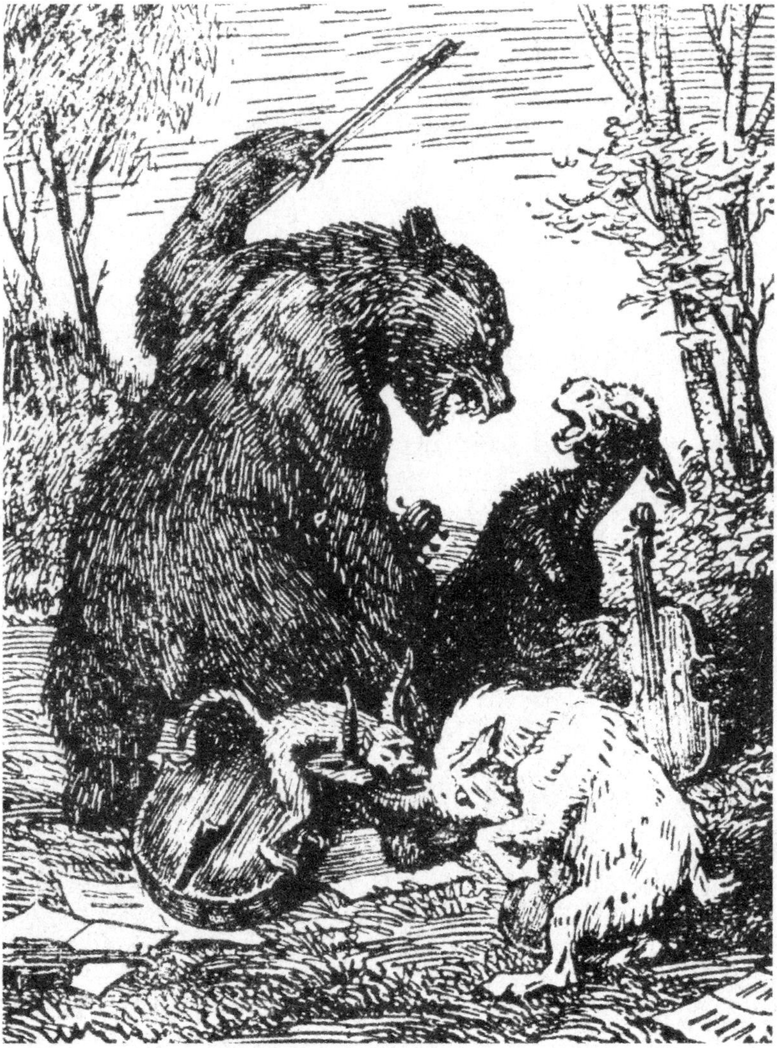

它们的争论更厉害,

焦点还是该怎么坐。

夜莺听到吵闹便飞来,

大家请它来解决疑惑。

"请你耐心待一会,

使我们奏好四重奏。

我有乐谱也有乐器,

只要告诉该怎么坐!"

"要做音乐家,需要有才气,

要有比你们更加细腻的听觉,"

夜莺回答说,"朋友,

不论你们怎么坐法,

反正不适合当音乐家。"

树叶和根

在一个美好的夏日里，
树叶在山谷投下阴影，
一边与微风低声细语，
夸耀自己的茂密和翠绿。
它们这么对风儿说自己：
"我们是全山谷最美的，
树木因我们而茂盛丰茸，
枝杈伸展，雄伟壮观，
没有我们它会成什么？
我们夸自己毫不罪过，
不是我们给牧童和游人

蔽以阴凉，使他们免受炎热？

不是我们以自己的美丽

吸引牧女来这里跳舞？

不论朝霞还是晚霞时分

夜莺总在我这里啼鸣

风儿你也几乎总是

与我们形影不离。"

"说到这里也可以

对我们说一声谢谢。"

有个声音从地下谦恭地回答。

"谁敢如此厚颜无耻和自大？

你是什么东西，

竟敢放肆地与我们说话？"

树叶簌簌响，嘟哝着说。

"我们在黑暗中干活养育你们，

难道你们不知道？

我们是你们得以繁茂的树根，

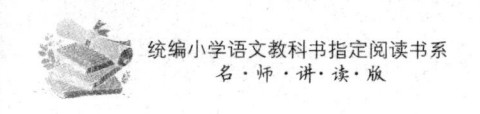

你们好好炫耀自己吧!

只是要记住我们之间的差别:

随着新的春天的到来,

又将长出新的树叶,

如果我们枯死了——

就不会有树,也不会有你们。"

天鹅、狗鱼和虾子

如果同伴们不协调一致,

他们的事情一定搞不好,

最后的结果就只有痛苦。

※　※　※

有一天天鹅、狗鱼和虾,

同拉一辆装满货的大车。

它们仨套上车拼命地拉,

可是大车却一动也不动!

货物对它们来说并不重,

只是天鹅竭力往云端冲,

大虾则用足劲朝后面拽,

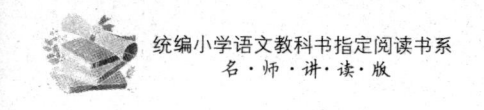

狗鱼却憋足气往水中拖。

它们三个究竟谁对谁错，

不用我们来费心作评判，

只是大车现在还在原地。

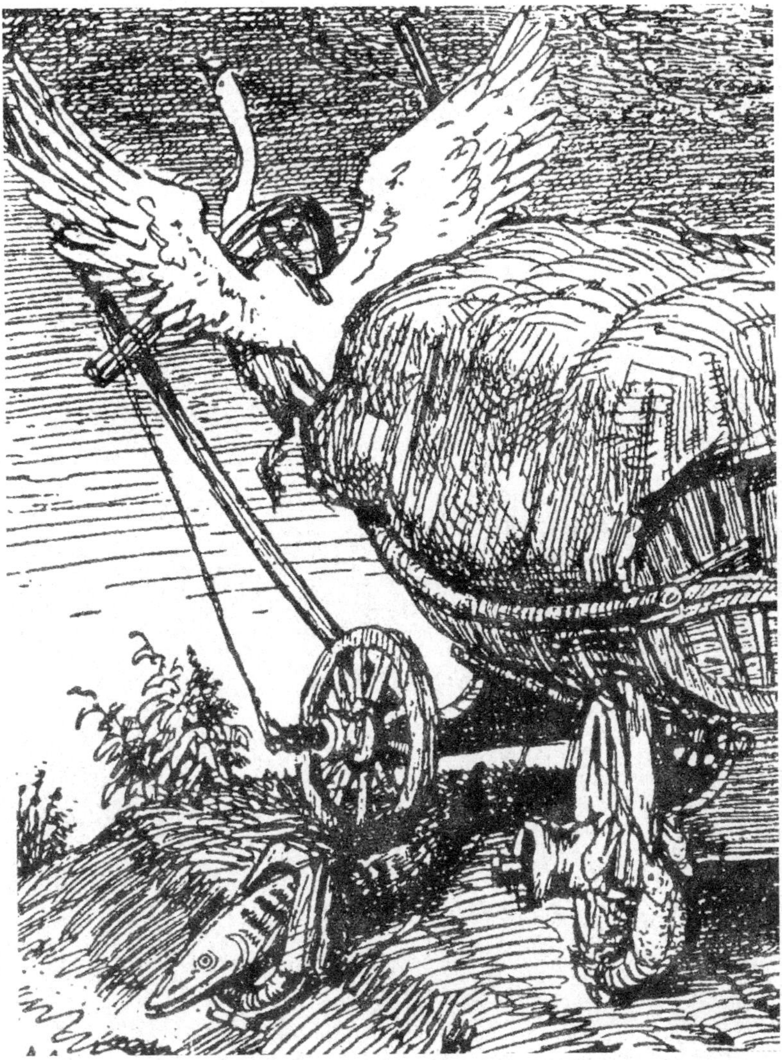

池塘和河流

池塘对毗邻的河流说:

"不论怎么看你,

你总是川流不息,

这是怎么一回事?

难道你永不疲劳?

而且我总是看见,

你载运沉重的货船,

还运送长长的木排,

更不用说小船独木舟,

它们多得数也数不清。

何时你放弃这样的生活?

换了我真会苦恼得死去。
与你相比我运气好多了！
当然我默默无闻不出名，
我也没有横贯整张地图，
古斯里琴手也不颂扬我，
这一切都是虚无缥缈的！
但我有松软的泥岸围着，
犹如贵妇人穿着羽绒服，
我怡然自得，安逸平静，
我不用担心货船和木排，
我不知道独木舟有多重，
如果有什么事，多半是
微风把树叶吹到我这儿，
在我水面漾起微微涟漪。
什么能代替这无忧生活？
无论风从哪个方向吹来，
我静观尘世的纷扰繁忙，

在梦中思考生活的哲理。"

"思考时记得一条法则吗?"

河流回答它说,

"河水只有流动才能不腐,

如果说我成了大河,

那是因为我放弃了平静,

是因为遵循了这条法则,

所以每年水都丰盈纯净。

我给人们带来好处,

我也得到荣誉尊敬。

大概我将永远奔流,

而那时你已不存在,

人们也不再提及你。"

它的话应验了:

它至今奔流不息,

而可怜的池塘

年复一年渐渐消失,

长满了水藻、苔草，

最后完全干涸了。

※　※　※

如果懒惰抑制了才能，

就不会使它施展出来，

才能不能给世界好处，

就一天天地衰竭枯萎。

特里什卡的长褂

特里什卡的长褂肘部磨穿了洞，
有什么好多想的？他拿起了针，
把两只袖子各剪去了四分之一，
在肘部缝上补丁，长褂又能穿，
只是两臂有四分之一裸露在外，
但是，这又有什么好难过的呢？
不过大家都笑话特里什卡。
特里什卡说："我不是傻瓜，
我马上就来纠正这个缺点，
我要让袖子变得比以前长。"
哟，特里什卡这家伙真不简单！

他剪去了前后襟,接长了袖子,

他的长褂虽比无袖短上衣还短,

但是特里什卡心里却十分高兴。

※ ※ ※

我看到,有时候有些先生,

弄糟的事情也这样来补救,

可是你一瞧:

他们穿着特里什卡的长褂。

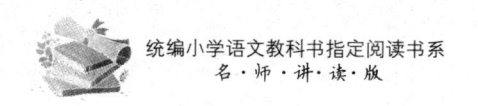

火灾与钻石

深夜火焰在楼房里蔓延,

越烧越烈,星星之火酿成火灾。

在众人一片惊吓慌乱之中,

一颗失落的钻石躺在路上,

在尘土中微微闪烁着光芒。

"你再竭尽全力闪耀,

在我面前也微不足道,"

火焰对钻石说,

"需要多么敏锐的视力,

才能在近距离内把你

和玻璃或水珠区分开,

因为我的光或太阳光

也能在它们身上闪耀。

不用说,你总身陷灾难,

不论什么东西,比如

一点点碎布落到你身上,

一根头发丝缠绕你周围,

往往就遮蔽了你的光芒。

而当熊熊烈焰席卷楼房时,

要遮挡我的光芒可不容易。

瞧我多么蔑视人们扑灭我,

我哔剥作响,吞没了一切,

烧得火光在云端闪耀,

我使周围人恐惧惊惶!"

"虽然我的闪光与你相比

显得微弱,"钻石回答说,

"但我没有给人带来害处,

谁也没有因灾难而责怪我。

令我感到遗憾的只是

我的光芒让人们羡慕。

而你只是靠破坏

才发出凶光闪耀。

但是瞧,大家联合起来,

全力冲上前尽快消灭你。

你越是烧得猛烈,

你的末日大概也越来越近。"

这时人们开始全力扑灭火灾,

翌晨剩下的只是烟雾和臭味。

钻石很快就被人找到了,

成为皇冠上最美的装饰。

花

富裕人家打开的窗户里,
摆着一只彩绘的大瓷罐,
里面混插着假花和真花。
假花在铁丝做的花茎上
高傲自大地微微摇曳着,
向大家展示惊人的娇艳。
这时开始洒下蒙蒙细雨,
塔夫绸做的假花向宙斯
请求是否能够不降下雨,
同时竭尽能事咒骂雨水。
它们祈求:"把雨停了吧,

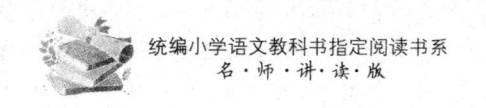

宙斯，下雨有什么好处？

世上还有什么比它更糟？

到处都只是泥泞和水洼。"

但宙斯未接受无理请求，

雨仍然不停地丝丝下着，

驱赶炎热，使空气凉爽，

大自然显得一片生机盎然，

青翠的植物仿佛得到新生。

这时窗台上的真花绽放了，

显示出自己全部的美丽，

它们因为雨水的滋润

更芳香更鲜润更娇嫩。

从那时起可怜的假花

失去了它们的鲜艳美丽，

像垃圾一样被弃之院子。

※　※　※

真正有才能的人

不会因受批评而生气。

批评不会损害他们的美,

只有假花才害怕雨淋。

统编小学语文教科书指定阅读书系
名·师·讲·读·版

好心的狐狸

春天猎手射死了一只红胸鸲，
假如不幸到此为止倒也罢了，
但是不，接着又有三只遭殃：
三只可怜的小雏鸲成了孤儿，
刚出壳，不明世事也无力气，
忍饥挨冻的小鸲鸟只是发出
愁苦的吱吱声徒然呼唤母亲。
"看着这些小鸲怎能不难过？
谁会不心痛？"狐狸蹲在鸟巢
对面的石头上，对众鸟们说，
"别扔下这些孩子不管，

哪怕给它们衔去一颗谷粒,
哪怕给它们的巢添一根草,
你们就保护了它们的生命,
这是最神圣最高尚的善行!
布谷鸟,你本来就在换毛,
最好拔一些毛给它们铺巢,
反正你是白白扔掉这些毛;
百灵鸟,你干吗在上空盘旋,
到田野、草地上找一点饲料,
可以分给可怜的孤儿们吃;
斑鸠,你的孩子已经长大,
它们自己已经能弄到食物,
你最好还是飞离自己的窝,
代替小鸼母亲去照料它们,
你的孩子让上帝去关爱吧;
燕子,假如你捉到小蚊子,
就给无亲无故的小鸟吃吧;

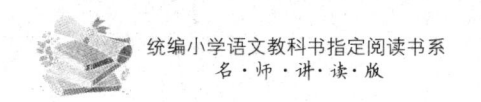

而你，亲爱的夜莺，你知道，
你那美妙的嗓子使大家着迷，
和风正好摇曳着它们及窝巢，
你就用歌声给它们催眠吧。
我坚信，你们这种温情关爱
将取代它们失去母亲的痛苦。
你们听着，我们将能够证明，
树林中有许多善良的心……"
说这话时三只可怜的小鹛
饿得无法安心待在窝巢里，
从树上掉到下面狐狸跟前。
这好心家伙做出了什么呢？
马上几口就把它们全吃了，
它对鸟的教导也就没说完。

※　※　※

读者们，请别觉得奇怪，
真的好心人不会夸夸其谈，

只会默默地做着好事。

光在别人身边唠叨做好事的人，

他的好往往只是要别人做好事，

因为这样不会有任何损失。

实际上，几乎所有这样的人，

都与我的这只狐狸如出一辙。

杰米扬的鱼汤

"我的朋友,邻居,请吃吧!"

"邻居,我已经吃饱了。"

"没有关系,再喝一盆。
听我说,鱼汤真的煮得很好!"

"我已经喝了三盆汤了。"

"得了,何必去记数字,
只要你喜欢,就尽量喝,
就喝个痛快,喝个精光。
多么好的鱼汤!多么肥!
仿佛蒙了一层琥珀似的,
请多喝点,亲爱的朋友,

这是鳊鱼，内脏，这是鲟鱼！
再来一调羹！老婆，来敬汤！"
杰米扬就这样款待邻居福卡，
让他无休无止地喝下去。
福卡早已喝得大汗淋漓，
但他还是又拿起一盆汤，
用尽最后力气喝个干净。
"我就喜欢这样的朋友！"
杰米扬高声喊叫了起来，
"我不能容忍傲慢的人，
来，再喝一盆，亲爱的！"
可怜的福卡不论多爱喝鱼汤，
但还是抱起腰带和帽子，
赶快逃离这样的灾难赶回家，
从此不登杰米扬的家门。

小家鼠和大家鼠

"邻居,你听到好消息了吗?"
小家鼠跑进来对大家鼠说道,
"据说猫落入了狮子的爪子,
这下该是我们歇息的时候了!"
"别高兴,我的朋友。"
大老鼠回答小家鼠说,
"也别空抱什么希望!
如果它们动用爪子,
那么肯定狮子活不了,
没有比猫更厉害的动物!"

※ ※ ※

我看到过好多次这种情况,
你们自己也请留意这一点:
胆小鬼害怕谁,就会以为,
全世界都跟他一样害怕谁。

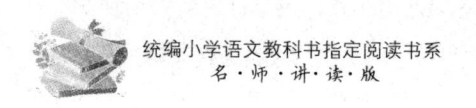

黄雀与鸽子

捕鸟器啪的一声逮住了黄雀,
可怜的鸟儿在里面又冲又扑,
而小鸽子却讥讽嘲笑它。
"不难为情吗,"它说道,
"大白天竟落入捕鸟器,
它们这样可骗不了我:
对此我可以大胆保证。"
可是,瞧,话刚说完,
它自己也绊在套索里。
　　活　该!
小鸽子,别光嘲笑别人的不幸。

镜子和猴子

长尾猴在镜中看到自己的形象

悄悄地用腿碰了一下熊。

"瞧,干亲,"猴子说,

"那里是什么丑八怪?

扭捏作态,蹦蹦跳跳!

要是我有一点点像它,

我会苦恼得上吊去死。

说真的,我的干亲中

是有五六个矫揉做作,

我能扳着指头数出来。"

"与其花力气数干亲,

不如回转身来看自己。"

熊不客气地回答它说,

但忠告却成了耳边风。

※　※　※

世上有许多这种例子,

谁也不爱承认,

讽刺说的正是自己。

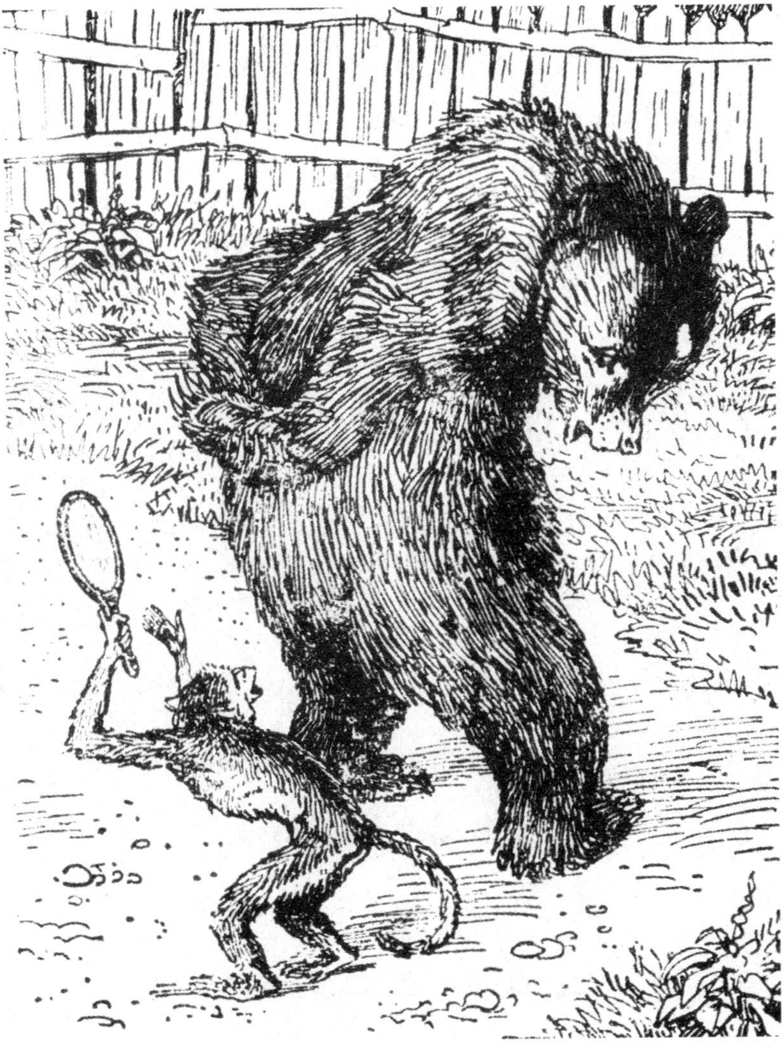

贪婪者和母鸡

贪婪者想得到一切却失去一切,
我相信有许多这样的例子。
为免得花时间寻找,
也懒得去苦苦寻找,
我打算给你们讲一个古老寓言。

※　※　※　※

孩提时我读过贪婪者的故事。
这个人不会任何手艺和活计,
但他的箱子显然装得满满的,
原来他有一只会下蛋的母鸡,
（这又有什么好羡慕的！）

但它下的不是普通蛋而是金蛋。

他渐渐地稍微变得富裕起来，

换了别人对这境况会很高兴，

但是贪婪者却对此尚不知足，

他想出了主意——杀鸡取蛋。

这样他忘了母鸡对他的恩惠，

也不怕背上忘恩负义的罪名，

他宰杀了母鸡，得到什么呢？

作为报偿，他从鸡肚里

取出的是普通内脏。

赫耳库勒斯①

阿尔克墨涅②的儿子赫耳库勒斯
英武骁勇、力大无比名闻天下。
一天他穿过悬崖间险峻的窄道，
见路上蜷缩着似刺猬样的东西，
隐隐约约，不知道究竟是什么。
他想用脚后跟一脚踩死它，
此刻突然发生什么情况呢？
此物胀起来，大了一倍多。

---

① 即罗马神话中的赫丘利，宙斯和阿尔克墨涅所生的儿子，神勇无敌，做出了许多英雄业绩。——译注

② 希腊神话中底比斯王安菲特律翁的妻子。她丈夫在外时，宙斯扮作其夫的模样与她生下赫耳库勒斯。——译注

这时赫耳库勒斯怒火勃发，

用沉重的棒槌朝怪物猛击，

外表上看它变得更加可怕，

它变粗变高大挡住了阳光，

也挡住了赫耳库勒斯的路。

他扔下棒槌，在这怪物前

惊诧得目瞪口呆一动不动。

突然雅典娜①出现在他面前。

"别白费劲，兄弟！"她说，

"这个怪物的名字叫纷争，

不碰它——勉强才注意它，

但是，如果谁想与它较量，

它会因吵骂而变得越肥大，

变得比山峦峰巅还更要高。"

---

① 希腊神话中的智慧女神，女战神。——译注

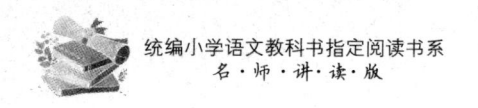

猎人

人们在做事时常常会说,

还来得及,但应该承认,

说这话时并未经过考虑,

而只是出于惰性。

如有事做,要尽快做完,

不然,当机遇突然降临,

就别埋怨运气不佳,

而要责怪自己。

※　※　※

猎人拿起猎枪、弹药和猎袋,

还带上习性可靠的朋友——

黑克托尔，去森林打野味。

虽有人劝他在家里给猎枪

装上弹药，他却仍没有装，

"这是区区小事，"他说，

"我熟悉路，自生下来

没见过这里有一只麻雀。

到目的地需要走一小时，

装弹药一百次都来得及。"

但是结果呢？刚走出生活区，

（命运女神仿佛跟他开玩笑。）

湖面上一大群野鸭在玩耍，

当时要是猎枪已装上弹药，

我们的射手本可以轻易地

打死五六只，吃上一星期，

现在他赶快装弹药，

只不过野鸭对此很敏感，

在他忙着装弹药时，

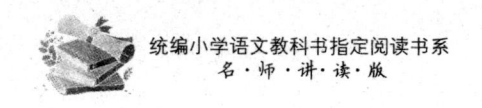

它们就大声叫起来，惊慌地

腾空而起——列成一行，

朝树林后面飞去，

消失得无影无踪。

后来猎手在树林中白白转悠，

他连一只麻雀也没碰上，

而这时还祸不单行：

当时是阴雨天，

我的猎手浑身湿透，

背着空猎袋回了家。

而他们仍然不是责怪自己，

只是埋怨运气不好。

狐狸和葡萄

饥饿的狐狸钻进了果园,
那里一串串葡萄熟透了,
多汁的果实宝石般闪亮,
看得狐狸干亲眼馋起来。
倒霉的是它们高高悬挂,
不论它怎么设法走近前,
只是眼看得见牙够不着。
狐狸白白费劲了一小时,
只好走开,边懊丧地说:
"得了,这算不了什么!
葡萄不过是看起来好看,

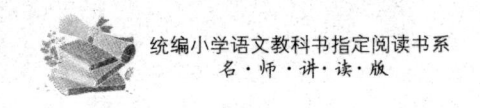

但是青的,还没有成熟,现在吃一定很涩嘴酸牙。"

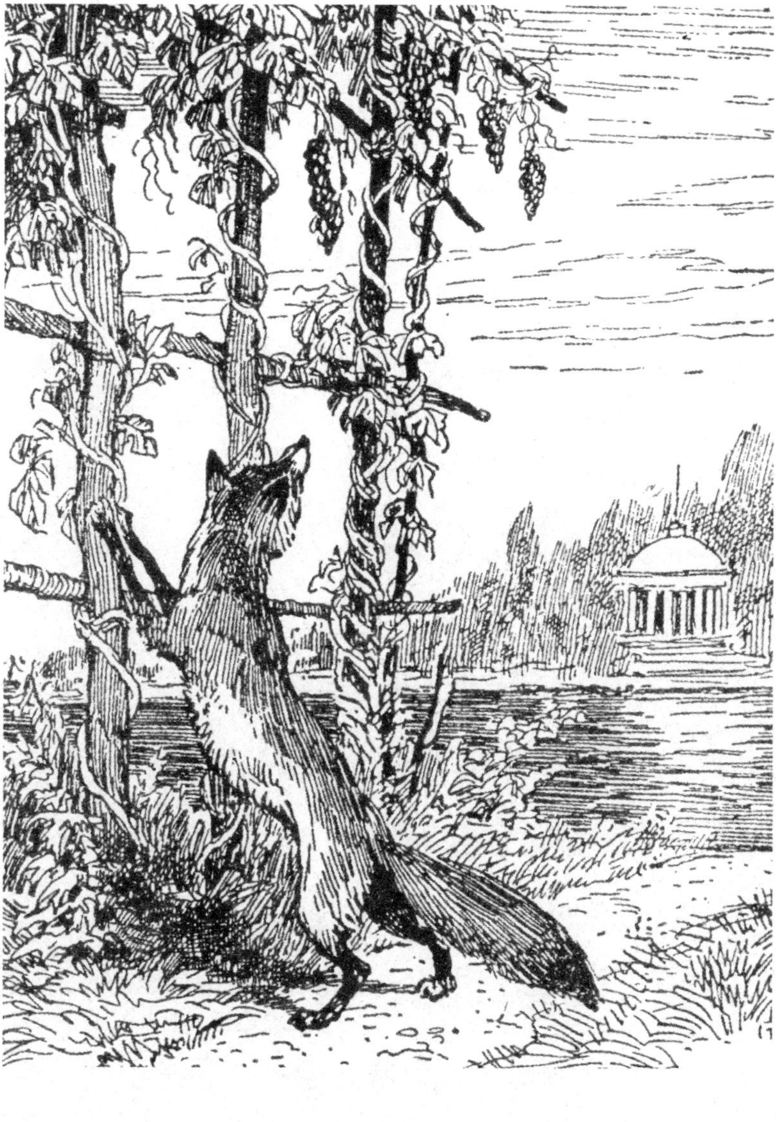

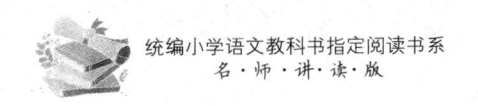

勤劳的熊

熊看到农夫做马轭出售很赚钱,
(而弯成马轭要有耐心,
不是一蹴而就的。)
就想也以此活计为生。
它去树林又折又敲树枝,
一俄里外都能听到断裂声,
熊毁了无数榛树、桦树、榆树,
仍然没有学会这门手艺。
它就去向农夫讨教,说:
"邻居,我能折断树木,
却不能弯成一根马轭。

这到底是什么原因?

请告诉我,诀窍是什么?"

"朋友,"农夫回答说,

"是你根本没有的东西,

这就是耐心。"

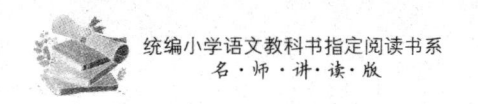

橡树下的猪

百年橡树下的猪

大吃一通橡树果,

吃饱撑足之后,

就躺在树下睡觉。

后来睡醒了,

便起来用嘴刨树根。

"这可是在损害树,"

树上的乌鸦对它说,

"如果根露在外面,

橡树可能会枯死的。"

"就让它枯死好了,

我可一点也不担心。

我看它没多少用处，

即使永远没有橡树，

我也丝毫不会惋惜。

只要有橡树果就行，

我是吃它们长胖的。"

"忘恩负义的家伙！"

这时橡树就对它说，

"你若能抬起嘴巴，

你就会看到，

果实就长在我身上。"

※　※　※

无知者同样盲目责骂

科学和一切学术成果，

他们竟然没有感觉到，

他们享受的正是科学成果。

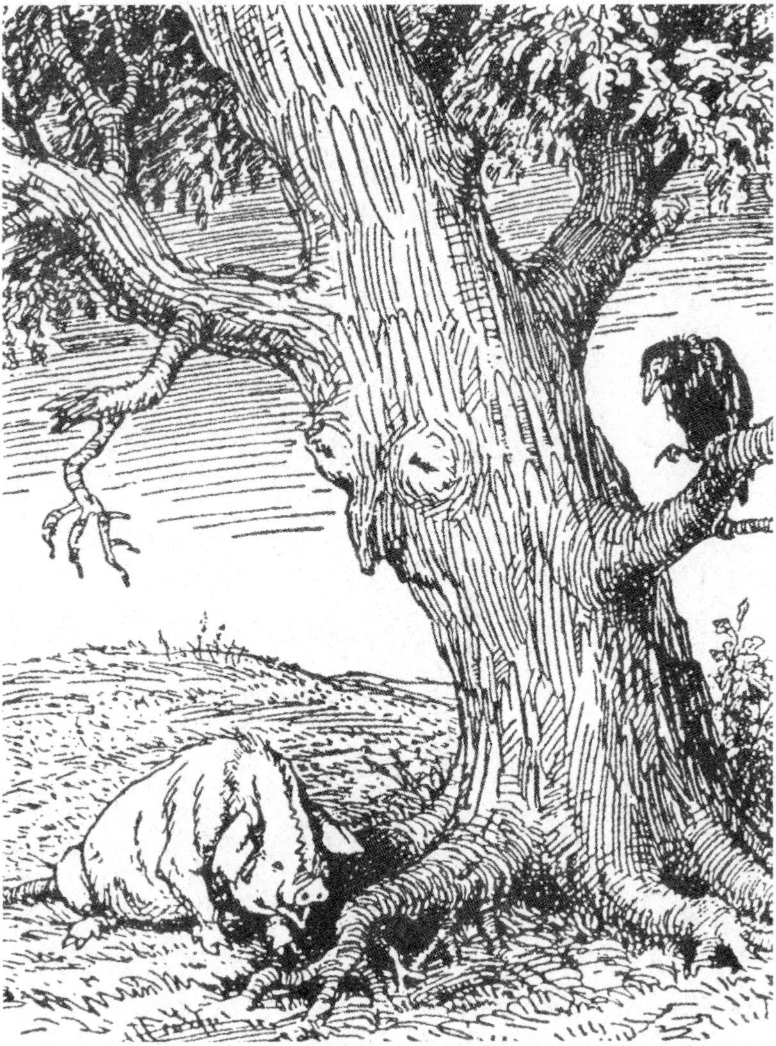

蜘蛛和蜜蜂

有些才能有时让大家惊奇,

但是对大家没有任何好处,

这种才能据我看没有用处。

※ ※ ※

商人把布匹运到市场,

这是大家需要的商品。

抱怨生意不好可是罪过:

顾客多得应接不暇,

柜台旁边拥挤不堪。

看到商品这么畅销,

蜘蛛十分眼红羡慕,

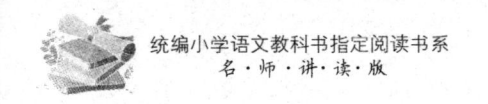

商人的盈利诱惑它，
也想要织些布来卖，
谋划着抢商人生意，
决定把铺子开在小窗口。
它安排就绪，织了一夜。
把商品包装得十分新奇，
便自大起来，目空一切，
坐下来，寸步不离柜台。
它暗想，只要白天来临，
它就会把顾客招徕过来。
白天降临了，但结果呢？
人家把它一扫赶出铺子。
这蜘蛛懊恼得又气又狂。
"好，等公正的报偿吧！
我要让全世界都来做证，
谁的织物更精美和细致，
是商人的还是我的织物？"

"是你的,对此没异议,"蜜蜂答,"早就众所周知。但是它不能穿又不保暖,它又有什么用处?"

悭吝人

灶神看守着一笔

丰富的埋在地下的宝藏。

突然它接到魔王的指令，

要它飞到非常遥远的

地方去任职多年。

职责就是这样：

不管高兴不高兴，

应该执行命令。

灶神感到莫大困惑的是，

没有它怎么守护宝藏？

该交给谁来守护它？

雇一个看守人，建一个仓库，

那要有一笔庞大的开支

就这么弃之不管，

宝藏又可能会丢失，

无论哪一个昼夜都不能担保，

宝藏会被挖出偷走，

人们对钱财的嗅觉是很灵敏的。

灶神辗转思考，忽然想到，

它的主人是个守财奴，吝啬鬼，

于是带了宝藏去找悭吝人，

"亲爱的主人，我要离家去异国，

我对你总很满意，

为表示好感和临别纪念，

请别拒绝接受我的宝藏！

别怕花费，尽情吃喝玩乐吧！

我的全部条件只是，

当你的死神降临时，

你唯一的继承人是我。

不过,还是祝你健康长寿!"

灶神说完就上路了,

过了十年、二十年,

灶神履行完职责又飞回家乡。

它看见了什么?

嘀,令人欣喜不已!

悭吝人手握钥匙饿死在箱子上,

所有的金币原封未动。

灶神立即把宝藏收归己有,

并由衷地高兴,

看守它的主人没花分文。

※　※　※

悭吝人不吃不喝守着金银财宝

莫不是为灶神收藏金钱?

两条狗

忠实的看家狗巴尔博斯

为老爷十分勤奋地当差。

它看到自己的老相识,

卷毛的哈巴狗茹茹

躺在窗台软和的羽褥上。

巴尔博斯犹如对亲人般

对它表示亲昵,激动得几乎流泪,

在窗下转动着尾巴,蹦来蹦去,

还不时地发出几声尖叫。

"喂,茹茹,自老爷把你

带进豪宅,日子过得怎样?

可记得我们在院子常挨饿？

你现在干的是什么好差使？"

"对现在的幸福生活没什么可怨的，"

茹茹回答说，"我的老爷非常宠爱我，

我过得富足而幸福，

吃的喝的都用银器，

还与老爷嬉戏玩耍，

如果我累了，就躺在

软和的沙发上地毯上。

那么，你过得怎么样？"

"我仍然像从前一样，

忍冻挨饿看守主人的家。"

巴尔博斯低头垂尾回答，

"我睡在围墙下挨雨淋，

如果吠叫得不合时宜，

我还得挨主人的棒打。

茹茹，你这么娇小虚弱，

到底是靠什么得到宠爱?

我拼命干活也是徒劳,

你到底在干什么差使?"

"干什么?你问得好!"

茹茹带着嘲笑回答说,

"就是向主人献媚取宠。"

※　※　※

许多人所以找到幸福,

只是靠善于献媚取宠。

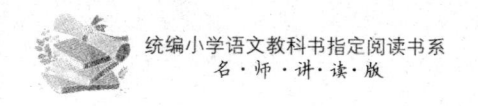

狗鱼

狗鱼被告上了法庭,

因为它搅得池塘里无法生活,

提供的证据有整整一车,

因此必须把罪犯装进大木盆,

抬到法庭受审。

法官就在近处,

在附近的草场上放牧。

在档案中留下了它们的名,

那就是两头驴、两匹老马,

还有两三只公羊。

为了对审判进行应有监督,

派了狐狸来当检察官。
民间传说狗鱼送鱼给狐狸吃,
虽然这样,法官们没讲情面。
这就不便掩盖狗鱼的罪行,
没有办法,只能写下判决,
把罪犯判处可耻的死刑。
为了杀一儆百,
要把它吊死在树枝上。
"法官,"狐狸这时干预了,
"吊死罪犯的刑罚判轻了,
我给它定的刑这里从未见过,
为了今后使骗子们胆战心惊,
应该把它淹死在河里。"
"好极了!"法官们大声喊道。
大家都一致同意,
就把狗鱼抛进了河里!

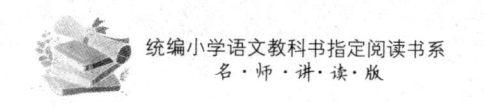

宝刀

有着锋利刀刃的宝刀

被废弃在一堆铁器里，

一起被装运到市场上，

极便宜地卖给了农夫。

农夫没有什么大主意，

立刻发现了宝刀的用处。

就给宝刀安装上刀柄，

用它在林中剥树皮做鞋，

而在家里的用处很简单：

劈柴、劈篱笆条、截短树枝，

或把用作栅栏杆的木头削平。

就这样，过了还不到一年，

宝刀就缺口累累、锈迹斑斑，

孩子们还把它当马骑。

一只刺猬躺在板铺下，

宝刀就被丢弃在那里。

有一天刺猬对宝刀说：

"告诉我，你的一生像什么？

人家说你是战功赫赫，

现在却劈柴、砍木桩，

或当作孩子们的玩具，

难道你不感到害臊吗？"

"我被握在战士手中，

曾经令敌人闻风丧胆，"

宝刀回答说，

"在这里我的禀赋白废了，

我在屋里只干些低贱的活，

难道这是我自愿的吗？

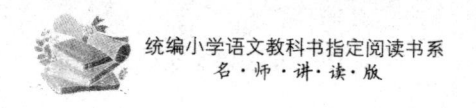

不，该害臊的不是我，

而是不懂我适于干什么的人。"

大炮和风帆

船上的大炮和风帆

产生了严重的敌意。

大炮从船舷伸出炮筒

在苍天面前抱怨说:

"上帝啊!什么时候见过

毫无价值的麻布片儿竟敢

与我们相提并论?

整个艰难的航程

它们做了些什么?

只是在刮起风的时候,

它们高昂地鼓起胸膛,

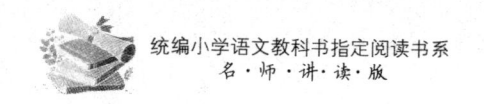

仿佛身居要职的高官似的，

趾高气扬地在大洋上游弋，

一味妄自尊大、自以为是，

而我们却在战斗中轰鸣！

我们的船舰不正是

靠我们才在海上称雄！

不正是我们才到处

给敌人带去恐惧和死亡？

不，我们再也不愿跟风帆共处，

没有它们我们自己也能对付一切，

强劲的北风，快来帮助我们，

尽快把它们撕成碎片！"

北风听到了，果然疾驰而来，

吹了一口气，天空中乌云密布，

海上立即就昏暗一片，

海浪如山峦般此起彼伏，

雷声震耳欲聋，闪电刺人眼睛，

北风怒吼,撕碎了风帆,

风帆不复存在,风暴也静息了。

结果是什么呢?船没了风帆,

成了风浪的玩具,

它像一段木头在海中漂泊,

第一次遭遇敌人时,

敌人便用舷炮向它猛烈地轰击,

船舰一动不动,很快成了筛子,

连同大炮像块石头一样沉没了。

※　※　※

任何强国之所以强大,是因为

内部各部分都安排得极为合理。

武器只是用来威慑打击敌人,

而风帆是它管理内政的机关。

猫头鹰和毛驴

瞎眼的毛驴在树林里迷了路,

(它本来要去远方旅行。)

到夜里走进了一片密林,

前进也不是后退也不是,

就是眼睛看得见也脱不了困境。

幸好猫头鹰正巧在近旁,

便给毛驴当起了向导。

众所周知,猫头鹰在夜间目光锐利,

悬崖、沟壑、山冈、小丘,

这一切猫头鹰都能看清楚。

到清晨它们走上了平坦路,

怎么能跟这样的向导分开呢?

毛驴请求猫头鹰答应留下来,

它要与猫头鹰一起周游世界。

猫头鹰像绅士一般坐上驴背,

它们开始了旅程。

旅途顺利吗? 不。

早晨太阳刚刚在空中升起,

猫头鹰的眼前就一片漆黑,

但是猫头鹰非常固执,

它对毛驴瞎指挥一通。

"当心!"它高声喊道,

"往右就要踩进水洼。"

但是没有水洼,而往左更糟糕。

"再往左一点,再往左走一点!"

扑通一声,两者都掉进了峡谷。

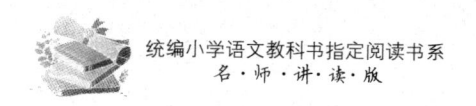

狮子和老鼠

老鼠恭顺地向狮子请求,
准许它在附近树洞安家,
它补充说:"虽然在林中
你又强壮有力又有声誉,
虽然谁也不能与你比力量,
你一声吼使大家惧怕不已,
但是谁又能猜到将来的事,
谁知道究竟会是谁需要谁?
不论我让人觉得多么弱小,
也许,有时候你就需要我。"
"你这小东西,"狮子吼道,

"凭这些放肆的话该处死你。

趁你还活着，滚吧，快滚！

要不然我就让你不得好死。"

可怜的老鼠吓得魂飞魄散，

立即撒腿就跑，一下子就无踪影。

但狮子的高傲也使自己受到惩罚：

它去寻找猎物时掉进了捕兽网。

这时它的力气无济于事，

它的怒吼、呻吟也于事无补，

不论它怎么挣扎和折腾，

终究还是成了猎人的猎物，

被关进笼子运走让人观看。

这时它才为时已晚地想起，

老鼠倒是能够帮助它，

它的牙齿可以咬破网，

是自大傲慢害了自己。

※　※　※

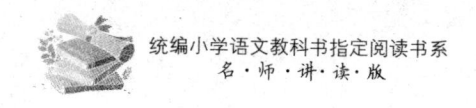

读者，因为我爱真理，

所以再补充说几句话，

这也不是我的话——

民间说的并非没道理：

别往井里吐痰，

要喝水就有用。